CW00858755

Ivanier, Federico, 1972-

    Gonzalo versus la vaca feroz y algunos otros malvados
/ Federico Ivanier ; ilustrador Diego Nicoletti. -- Bogotá :
Panamericana Editorial, 2015.

    276 páginas : ilustraciones ; 21 cm.

    ISBN 978-958-30-4579-0

    1. Cuentos juveniles uruguayos 2. Reyes y soberanos - Cuentos
juveniles 3. Amistad - Cuentos juveniles 4. Historias de aventuras
I. Nicoletti, Diego, ilustrador II. Tít. III. Serie.
U863.6 cd 21 ed.
A1473600

  CEP-Banco de la República-Biblioteca Luis Ángel Arango

Gonzalo
versus
la vaca feroz
y algunos otros malvados

Primera edición, marzo de 2015
© Federico Ivanier
© 2015 Panamericana Editorial Ltda.
Calle 12 No. 34-30. Tel.: (57 1) 3649000
Fax: (57 1) 2373805
www.panamericanaeditorial.com
Bogotá D.C., Colombia

Editor
Panamericana Editorial Ltda.
Edición
Luisa Noguera Arrieta
Ilustraciones
Diego Nicoletti
Diagramación y diseño de cubierta
Isabel Gómez Guacaneme

ISBN 978-958-30-4579-0

Prohibida su reproducción total o parcial
por cualquier medio sin permiso del Editor.

Impreso por Panamericana Formas e Impresos S. A.
Calle 65 No. 95-28. Tels.: 4302110 - 4300355.
Fax: (57 1) 2763008
Quien solo actúa como impresor.
Impreso en Colombia - *Printed in Colombia*

Gonzalo

versus
la vaca feroz

y algunos otros malvados

Federico Ivanier

Ilustraciones
Diego Nicoletti

PANAMERICANA
E D I T O R I A L
Colombia • México • Perú

Contenido

CAPÍTULO I

Una situación compleja

Los problemas de Gonzalo comenzaron

la noche de su nacimiento ya que, apenas llegó al mundo, se le resbaló a la partera y fue a dar de cabeza al suelo con un sonoro *gong*.

Esta noche en cuestión, antes de que el pequeño llegase a nuestro mundo, soplaba un fuerte viento y las nubes cubrían las estrellas, anunciando la cercanía de un temporal. Gonzalo sería el decimotercer hijo de la familia Penoso y su padre, Alberto Penoso, se preguntaba, no sin preocupación, cómo haría para alimentar otra boca más. Ya el dinero no les alcanzaba para nada.

Meses atrás, cuando Adela, su mujer, le dijo que estaba embarazada, hubo acuerdo generalizado: era de mala suerte tener trece hijos. Todo el mundo sabe de la mala suerte asociada al número trece. Por tanto, a diferencia de lo que pudiéramos pensar, no reinaba la felicidad en esta casa donde estaba a punto de nacer un niño. Lejos estaban de quererlo.

Sin embargo, Gonzalo nació bien, fuerte y rozagante. Cuando todavía la partera lo tenía entre sus brazos, *toc-toc* fueron dos golpes breves en la puerta. Al abrir, un aire frío penetró en la casa y se encontraron con una figura oscura bajo el umbral. Se trataba de un caballero ataviado con botas de cuero negro, calzas rojas, infladas ropas violetas y capa negra. Este personaje tenía bajo uno de sus brazos un sombrero de ala, negro también, y bajo el otro brazo, un papiro enrollado. El viento agitaba su capa y despeinaba sus cabellos castaños.

—Buenas noches, buena gente —saludó el caballero al tiempo que movía su hirsuto bigotito—. ¿Es esta la casa de la familia Penoso?

—Es verdad —dijo Alberto Penoso—. Aquí es.

—Mayor gusto —dijo el hombre—. Mi nombre es Gasparín Hernández, representante y emisario del rey.

Los doce primeros hijos de los Penoso, Alberto Penoso, su mujer Adela y la partera abrieron la boca de asombro. Nunca los había visitado un mensajero del rey.

—Usted dirá —le dijo Alberto Penoso a Gasparín Hernández.

—Simplemente quería confirmar que aquí ha habido un nacimiento el día de hoy.

—Es verdad —confirmó Alberto Penoso—. Justo ahora. El decimotercero: Gonzalo Penoso.

—Pues bien —dijo Gasparín Hernández y desenrolló el papiro que llevaba bajo el brazo. Extendido, le llegaba hasta los pies—. Mensaje del rey número 14 446 —leyó Gasparín—. Decreto número 1246. Comunicado para aquellas familias que hayan tenido un hijo o hija en la fecha de hoy. Por medio de la presente, informo a los ciudadanos que, finalmente, hoy ha nacido mi primera hija, Berenice, cuyo bello nombre, como todos ustedes sabrán, viene de *Bere* (portadora) y *Niké* (victoria) y significa Portadora de la Victoria. Pues bien, los nacidos en el día de la fecha, por haber coincidido con el nacimiento de mi primera hija, serán considerados hijos de la Corona y gozarán de los mismos privilegios que si fueran un príncipe o princesa. Desde ya, gracias por su atención. Firma: el rey.

Los doce primeros hijos de los Penoso, Alberto Penoso, su mujer Adela y la partera parpadearon de asombro. Gasparín Hernández, con suma tranquilidad y circunspección, recogió el papiro, enrollándolo una vez más.

—No entendí —atinó a responder Alberto Penoso, al tiempo que se rascaba la nuca.

—El joven Gonzalo —respondió Gasparín Hernández—, a partir del día de la fecha, se considera parte de la familia real.

Los doce primeros hijos de los Penoso, Alberto Penoso, su mujer y la partera parpadearon de asombro una vez más.

—¿Parte de la familia real? —preguntó Alberto Penoso.

—Exacto. Con derechos de realeza.

—No entiendo.

—Después de lo mucho que el rey ha esperado, junto a la reina Catalina, la bendición de un hijo o hija, considera que los nacidos en la misma fecha han de ser también bendecidos con la generosidad de la Corona. Ese es el caso del joven Gonzalo. A propósito, sírvase.

El emisario del rey le extendió a Alberto Penoso una delicada caja negra, de forma alargada. El padre de Gonzalo la tomó y la abrió. Dentro, sobre un terciopelo azul intenso, había una bellísima cadena de oro con una diminuta corona rizada de diamantes como colgante.

—¿Y esto? —atinó a murmurar Alberto Penoso, que nunca había visto una joya similar. Un par de sus hijos se acercaron para mirar más de cerca.

—Un regalo del rey para el recién nacido —respondió Gasparín Hernández—. Para que no haya duda de su posición. Muy bien, señores, eso es todo. Prontamente sabrán de nosotros. Por ahora, muchas gracias y buenas noches.

Sin más, Gasparín se dio media vuelta y se perdió en la oscuridad de la noche, en los vericuetos de la ciudad, desapareciendo entre el viento y las hojas secas que volaban entre las casas. Entonces, sonó un *gong*. En medio del asombro, a la partera se le había vuelto a resbalar el recién nacido, Gonzalo.

* * *

En todo caso, el bebé creció físicamente sano. Desde un punto de vista mental, sin embargo, había algunas dudas. Gonzalo daba señales de no ser precisamente de las personas más brillantes que caminaran sobre la faz de la Tierra.

Quizá porque siempre parecía estar en la Luna. Nunca seguía las instrucciones que le daban

13

los demás, lo sorprendían preguntas sencillas y hasta se le ocurrían las ideas más ridículas e inimaginables, como inventar aparatos para volar o cosas así.

Hasta sus pasatiempos eran medio raritos. Por ejemplo, se dedicaba a ver volar las moscas o se distraía con la manera en que se agitaban las cortinas de alguna ventana abierta.

—Pero ¿qué tiene de interesante mirar cortinas? —le preguntaban.

—Y... no sé —respondía Gonzalo—. Es lindo.

Fue unánime: todos decían que el niño no era normal. Si bien los Penoso nunca habían sido superinteligentes, Gonzalo era un papelón y, para colmo, uno público, porque toda la población lo conocía: Gonzalo era el único que había nacido el mismo día que la princesa Berenice.

Eso lo ponía en una posición especial: el rey consideraba el nacimiento de Gonzalo y la princesa, el mismo día, como una señal y eso significaba que ambos, en el futuro, deberían casarse. Claro, en ese entonces Gonzalo era bebé y el rey ignoraba que, en el futuro, aparentemente la mente de Gonzalo no funcionaría como el resto de las mentes, sino un poquito peor.

Para cuando se enteró de las peculiaridades de Gonzalo, mala suerte, ya era tarde. Palabra de rey, es ley. Ya no se podía volver atrás.

—¿Por qué me tengo que andar casando yo con esa, a ver? —preguntaba Gonzalo, tendría ideas raras, pero tampoco era tonto. Conocía a Berenice del colegio "Guau" de la ciudad y *no* se llevaba bien con ella.

Durante los recreos, cuando hacían un partido y lo mandaban a jugar de arquero (siempre, ya que Gonzalo tenía talento nulo para los deportes), miraba a la princesa pelear con compañeras para ver quién estaba más a la moda, quién tenía lo último y lo más costoso. Claro, como entonces le hacían goles por estar distraído, sus compañeros venían, le gritaban cosas, lo zarandeaban y de vez en cuando le pegaban un poco, para que reaccionara.

—¡Pon atención! —le decían.

Por eso, es bastante seguro afirmar que a Gonzalo no lo confundían las palabras zalameras de las viejas de la Liga de Buenas Costumbres. Se le acercaban con sonrisas de dientes amarillentos y aliento a perro, hablándole maravillas de la princesa: que Berenice esto y que Berenice aquello otro y qué estupenda era Berenice y qué cosa preciosa, etcétera.

15

Pero Gonzalo se daba cuenta de que la princesa estaba pendiente solamente de qué ropa comprar y a cuál fiesta ir, ataviada con qué joyas y peinada por qué famoso estilista capilar. Gonzalo tenía serias dudas de que hubiera algo maravilloso o precioso en tales asuntos. Más bien, al contrario.

—Voy a tener que trabajar todo el día para poder comprar tanto vestido y tanta alhaja. Y a mí no me gusta trabajar —les decía Gonzalo—. Ni siquiera me gusta hacer los deberes.

—¿Qué te gusta, entonces? —le preguntaban las viejas, forzando una sonrisa.

—A mí me gusta descansar.

—¿Pero descansar de qué, mi corazón?

—No importa. Lo que me gusta es descansar. Igual, ese no es el problema. El problema es que ella es una materialista —insistía él—. Es una superficial. Y yo no. A mí me interesa el lado espiritual de la vida. Somos personas diferentes.

Para Berenice, por su parte, Gonzalo valía menos que las pulgas de un perro sarnoso. Siempre que podía lo ridiculizaba. Aunque claro, como era princesa, cuando se hallaba ante personas importantes, fingía y lo trataba con dulzura.

Pero los que no eran la princesa y no tenían que fingir, o sea, todos los alumnos del colegio "Guau", lo agarraban de tonto todo el tiempo. Por ejemplo, cada vez que desaparecía algo, lo acusaban de robo.

Abilio, cuyo nombre, como ustedes sabrán, proviene de *habilis*, que significa "hábil" o "habilidoso", era quien siempre tenía la voz cantante. Según él decía, era "más que un simple amigo" de Berenice y constantemente la colmaba con todo tipo de caros regalos, desde exóticos perfumes a joyas, y los más extravagantes juguetes.

Provisto de una espléndida cabellera rubia, ojos color nube de tormenta y sonrisa magnética de dientes como diamantes, desconfiaba intensamente de Gonzalo. Era hijo de una de las familias más ricas de la ciudad, si no la más rica, y varios de sus tíos eran ministros del rey, al igual que su padre.

—¿Quién más que él puede robar? —decía, junto a sus amigos Oliverio y Augusto, cada vez que una costosa cartuchera de platino desaparecía, o un lápiz con zafiros no se encontraba—. Es él quien no tiene dinero. Y los ladrones son los pobres, eso está claro.

Todos parecían estar de acuerdo con él. Incluso cuando un compás de plata que había sido robado apareció entre las cosas de Abilio y *no* las de Gonzalo, *igual* le siguieron creyendo:

—Gonzalo lo puso ahí, sin duda —dijo Abilio apenas se enteró—. Para inculparme.

Por todo esto, Gonzalo no hacía más que insistir, sin éxito, en disolver el famoso decreto que lo hacía parte de la familia real, el Decreto número 1246 (cuyas cifras, dicho sea de paso, sumaban trece).

—¿Por qué no eligen a otro? —preguntaba—. Así todo el mundo da su opinión y adiós.

—Otra de las ideas absurdas de este niño —comentaban entre sí los que lo escuchaban.

—No se puede hacer eso —le explicaban—. Es imposible.

—O se puede hacer un sorteo —insistía Gonzalo—. El que gana es rey y listo.

—Las cosas son como son —se dignaba alguno que otro a responderle.

—Pero... ¿y no se puede cambiar?

—No.

—¡¿Por qué?!

—Porque así es nuestro sistema de gobierno.

—No me gusta nuestro sistema de gobierno —se cruzaba de brazos Gonzalo.

Desde entonces, Gonzalo pasó a ser llamado, despectivamente, el Sorteado. Se buscó la ayuda de los médicos de la corte y de los "ayudantes espirituales" pero, aun así, no hubo manera de que Gonzalo, alias el Sorteado, reaccionara y fuera, ante la vista de todos, normal. Más bien era al revés: a medida que pasaban los años, Gonzalo mostraba más y más síntomas de rareza. Tanto, que sus padres ya tenían una frase hecha:

—Esto no es nuestra responsabilidad, es asunto del rey o alguien así. Nosotros ya tenemos doce hijos más por quienes preocuparnos.

Y así se desentendían de él.

Durante la escuela, no hubo maestra, institutriz o sabio que consiguiese hacerle aprender cosas importantes para un futuro rey. Gonzalo nunca entendió casi nada ni de historia ni de geografía y mucho menos de política. Incluso la reina intentó, hasta que un día huyó del palacio, se enamoró de un marino de vida ajetreada y se escapó con él. Dejó una nota que decía: *La vida del palacio no es para mí. No la soporto. Saludos, La reina,* y cambió la ciudad por salvajes mares remotos, repletos de tiburones y tormentas. Sin embargo, nunca dejó de enviarle cartas a Berenice y así se supo que se había convertido en Catalina la Pirata Roja.

A todo esto, Gonzalo permanecía inmutable. Su máxima ambición era convertirse en un artista (en particular, cantante) famoso, muy famoso, y ser admirado por las multitudes. El problema era que después de escucharlo cantar por unos breves segundos, los más encumbrados profesores de música caían tiesos.

Es que las cuerdas vocales de Gonzalo eran capaces de descuartizar la más bella composición musical. Los perros echaban a correr y huían buscando protección, creyendo que se acababa mundo; los bebés se largaban a llorar, soltaban lágrimas y berridos por horas sin fin.

Por tanto, sorteado o no, los vecinos habían juntado firmas para prohibirle que siguiera destrozando los vidrios de las casas que había cerca y quitándoles el apetito a los ancianos y enfermos, que preferían morir de una buena vez antes que permanecer sometidos a esos lamentos horripilantes.

—Sorteado —le decían—, déjese de bobadas con el canto y a ver si aprende algo útil, como oratoria, por ejemplo, para cuando tenga que leer un discurso.

—Es que yo no nací para la política —decía Gonzalo—. Mi destino es el arte.

—¿El arte?

—Cantar. Soy un futuro cantautor.

—Pero si usted canta horrible.

—Bueno, no hay que ser tan negativo. Un poco de optimismo no viene mal.

—Su destino es la política.

—¿No puedo dejar mi destino para otro?

—No. Así es nuestro sistema de gobierno.

—¡Ya dije que no me gusta nuestro sistema de gobierno! —estallaba Gonzalo y luego sonreía, esperanzado—. ¿No podemos cambiar el sistema de gobierno?

Los adultos giraban los ojos hacia atrás.

—Este muchacho —comentaban después— va a ser rey y no tiene absolutamente ningún talento. Ni uno solo.

Eso no era completamente cierto, sin embargo. Tenía sí, una habilidad: realizar voces extrañas. ¿Para qué servía eso? Según los allegados al rey, para absolutamente nada.

—Bueno, pero algo es algo.

Eso era lo que decía Remedios, una pelirroja de ojos azules que había nacido un día antes que él, en la casa de al lado. Era la única persona que parecía ver un diamante en bruto cuando miraba a Gonzalo, como si pudiera ver más allá de sus horrendos cantos y su caos mental.

Cuando Gonzalo aparecía, Remedios dejaba de leer el diccionario que llevaba a todas partes (y era su libro favorito). Le prestaba unas marionetas que ella misma había hecho, Gonzalo se ponía a manejarlas y, así, su talento para imitar voces tenía alguna utilidad. En esos momentos, Remedios simplemente lo observaba, acariciándose las trenzas largas y quien la miraba a los ojos decía que la chica parecía volar, allá alto, en el cielo, en su imaginación.

Aunque Gonzalo, en la Luna como siempre, la ignoraba por completo, Remedios tenía fe cuando los demás perdían la paciencia. Y mantuvo la fe durante años, hasta que Gonzalo cumplió los trece. No creía que Gonzalo fuera raro, sino especial. Y probablemente no estuviera tan equivocada, al fin y al cabo. De eso trata esta historia.

CAPÍTULO 2

Un regalo

—¡¿Qué es esta porquería?! —exclamó la princesa Berenice mientras sostenía con apenas dos dedos una tostada.

—Es una tostada, Su Excelencia —dijo una mucama gordita de pelo castaño, alisándose su uniforme negro y su delantal blanco.

La princesa la vio enrojecer de vergüenza y decidió presionar un poco más. Le causaba placer que la piel blanca de la mucama prontamente cambiara de color. Era como un truco de magia. Era divertido.

—Ya sé que es una tostada. ¿Acaso tengo cara de estúpida yo?

La mucama pareció meditar una respuesta apropiada, mordiéndose los labios, y luego dijo:

—Por supuesto que no, Excelencia.

—¿Entonces? ¿Qué es esto?

La mucama, llamada Yolanda, enrojeció todavía más.

—Una tostada de pan de nuez, Su Excelencia.

—Una tostada *quemada* de pan de nuez.

Yolanda miró el pan de nuez tostado y le vio un tentador color beige que se aclaraba todavía más hacia el centro, donde tomaba una tonalidad casi de maní crudo. Berenice vio que la mucama estudiaba la tostada buscando, infructuosamente, algún lugar chamuscado y apretó los labios.

—¿Acaso no es evidente que está quemada?

—Sí, sí. Por supuesto, Su Excelencia.

—Llévense ya mi desayuno. Quiero uno nuevo, con tostadas sin quemar, o sea, *tostadas*. Ya mismo.

—Sí, sí, Su Excelencia. Ya mismo.

—Y necesito que vengan a cepillarme el pelo. En este instante, no puedo esperar.

En realidad, la princesa tenía un humor de perros ese martes trece de julio en la mañana debido a que, el día anterior, Mara, una compañera de clase, había llevado un broche con quince perlas, dos más que el suyo. Eso era completamente intolerable. "¿Cómo podían pasar cosas así en este mundo?", se preguntaba Berenice. "¿Quién era la princesa, al fin y al cabo? ¿Esa estúpida, cara de mosquita muerta, o ella?".

Por supuesto que ella.

Entonces, mientras Yolanda se llevaba la bandeja en un carrito de oro, se abrieron las enormes puertas del fastuoso dormitorio de Berenice y allí entró una nueva mucama con uniforme negro y delantal blanco llevando otro carrito de oro con otra bandeja de plata encima. Pero esta vez, era una bandeja enorme, de un metro y medio de diámetro y una amplia tapa, también de plata, con finos grabados.

—¡¿Y ahora *qué* pasa?! —estalló Berenice.

—Su Excelencia —empezó la mucama que acababa de entrar—, esto acaba de llegar para usted.

—¿Para mí? ¿Qué es?

—Un regalo, Su Excelencia.

Berenice sonrió con amplitud. Tenía unos bellísimos dientes, como el más fino y delicado marfil.

—Tráiganlo.

Tal como estaban las cosas, la gente aún parecía reconocer quién era la más bella, inteligente y adorable criatura del reino (aunque, por accidente, hubiese usado el día anterior —por última vez— un broche con apenas trece perlas).

La segunda mucama acercó el segundo carrito de oro con la segunda bandeja de plata. La princesa levantó la tapa. Allí dentro había una esponjosa torta de alfajor que a duras penas entraba en la enorme bandeja. Estaba recubierta por una espesa cobertura del más blanco merengue que se puede imaginar y se intuían las varias capas de dulce de leche en su interior.

—Denme la tarjeta —ordenó a las mucamas. Ansiaba leerla y confirmar que, al fin y al cabo, no había nada más sublime que ella misma en todo el reino.

Berenice dejó escapar un suspiro de impaciencia mientras transcurrían dos segundos sin que le llegase lo pedido. Chasqueó sus dedos para que un hombre parado junto a ella le hiciese viento con un enorme abanico de plumas de pavo real y luego se apartó el cabello rubio que caía como rayos de sol sobre sus hombros blancos y pálidos.

—¡Más rápido! —instó a las mucamas en el mismo momento en que le entregaban la tarjeta.

Hizo un gesto hacia uno de los siete almohadones sobre los que reposaba y una de las mucamas lo corrió seis centímetros para que estuviera completamente cómoda.

La tarjeta estaba bordada en hilos de oro y escrita con tinta plateada, pero llevaba un mensaje notoriamente simple:

Con devoción e idolatría.

Vuestro máximo e infaltable

admirador secreto.

—Muy bien —dijo la princesa, arrojando la tarjeta arrugada al suelo para que alguien más la recogiera después—. Ahora sírvanme un poco de esa torta.

—Pero, Su Excelencia —balbució una de las mucamas—, la torta no ha sido aún catada...

Cada vez que llegaban bebidas o comestibles para la familia real se traía al catador para que probase lo enviado y verificase, al sobrevivir, que el presente no contenía veneno alguno. Este personaje, llamado Pantama, era un gordo comilón que no vacilaba en arriesgar su vida con tal de probar los exquisitos manjares que llegaban has-

ta el palacio real. Sin embargo, también es cierto
que no había registro de algún intento de envenenamiento, por tanto Pantama se consideraba
un hombre feliz.

—No interesa —replicó Berenice—. Tráiganme
un pedazo de torta.

—Pero, Su Excelencia...

—¡Un pedazo de torta, dije! —explotó la dulce
Berenice e hizo saltar del susto a las mucamas. De
inmediato se trajo una espátula de argento para
cortar la torta—. Lo único que falta —murmuró
Berenice mientras se miraba en un hermoso espejo
con mango de marfil y esmeraldas—, ahora la ser-
vidumbre sabe más que una princesa. Y pásenme
un vaso con agua que tengo sed, también.

Sin pronunciar palabra, las mucamas le alcan-
zaron el trozo de torta en un plato de porcelana.
Berenice tomó la cuchara y se llevó un bocado a la
boca, lo saboreó, lo tragó y allí mismo comenzaron
a darle vuelta los ojos, se le cayó la torta sobre el
mantel de satén rosa y enterró su cara contra el
merengue cuando aterrizó, inconsciente, sobre
la torta que pocos instantes atrás tan apetitosa
parecía.

* * *

La princesa no se recobró a la hora siguiente ni al mediodía, ni a la tarde. A la noche, mientras Gasparín Hernández, el emisario del rey, informaba a la ciudad que la princesa había sido envenenada, todos los médicos y expertos en biología estaban desesperados. No sabían qué tratamiento llevar a cabo. Ni siquiera sabían qué tenía la princesa.

Una cosa era cierta, Berenice estaba viva, respiraba y hasta tenía los ojos redondos como pelotas, pero era incapaz de responder a las preguntas que se le hacían, sostenerse sentada, alimentarse, hablar o reírse cuando le hacían cosquillas. Parecía una muñeca, solo que estaba viva.

Todos en la ciudad intercambiaban miradas de pesar, sin saber en qué iba a parar todo este drama. Pronto comenzó una seria investigación sobre el supuesto "máximo e infaltable admirador secreto", pero la verdad era que la torta había llegado por correo y no había quién supiese cómo esa torta había llegado hasta el correo.

Sin embargo, antes de lo que lleva contarlo, comenzó a circular un rumor. Un rumor iniciado por un compañero de Berenice, rubio, de buena familia, alguien que afirmaba estar profundamente acongojado por la situación presente de la princesa: un muchacho llamado Abilio.

Este apuesto joven insistía en que solamente había una persona con razones para atacar a la princesa. Alguien que odiase, aunque fuera imposible entender por qué, la idea de casarse con ella. Alguien con una mente perturbada e impredecible. Alguien que fuera de una clase no nacida para ser rey.

Alguien con ansias de quitar a la princesa del medio.

—¿Gonzalo? —preguntaron los ministros cuando Abilio les contó sus sospechas.

Se hallaban los ministros en pleno en la magnífica Sala de Conferencias. Abilio había utilizado sus contactos familiares para citar a una reunión urgente y extraordinaria.

—Claro —respondió Abilio y enganchó los pulgares en un chaleco de terciopelo negro que llevaba—. Muerta Berenice, no tiene más obstáculos en su camino para ser rey.

—Imposible —respondió Escuadrus, un ministro gordo y de calva incipiente, siempre brillante por el sudor—. Es demasiado tonto como para urdir plan semejante.

—Quizá simplemente se hace el tonto.

Los ministros deliberaron.

—No, Abilio. Imposible. Ese muchacho es tonto de veras.

—Pero es el único que odia a nuestra adorada Berenice —alzó las cejas Abilio—, ¿o no?

Los ministros guardaron silencio. Entre las paredes de mármol y oro, puertas de caoba y cortinas de satén, no se produjo sonido alguno.

—A ver —pronunció el mismo ministro Escuadrus—. Vamos de vuelta con la explicación.

Abilio se aclaró la garganta, feliz de poder mostrar sus dotes de político. Su padre, el ministro Bilis, estaba orgulloso de él. Tan joven y dirigiéndose con tanta confianza hacia los ministros, como si ya fuera uno de ellos. Aunque claro, para Abilio no era muy distinto a estar en una reunión familiar: allí había tíos, tíos segundos y primos lejanos.

—Todos sabemos —comenzó— que para averiguar quién envenenó a la princesa, necesitamos conocer quién saldría ganando algo si ella resultara envenenada. ¿Quién ganaría algo? Pensemos. Todos queremos a Berenice. Ella es una criatura exquisita. Hay solo una persona que parece no estar de acuerdo. Que hasta odia la idea de casarse con ella. Alguien con quien, coincidentemente, la princesa nunca estuvo muy afín. Al punto que, a la menor oportunidad que tuviera, iba a mandarlo

adónde él se merece: a esos barrios con casas pobres. De allí viene y de allí nunca tendría que haber
salido. Sí, señores. Estoy hablando de Gonzalo. El
Sorteado. ¿Quién más se beneficiaría de quitar a
Berenice del medio? Es claro. ¿Cómo evitar casarse
y mantener sus privilegios de príncipe? Simple: ¡en-
venenando a la pobre Berenice! Es más, con ella a
un lado, ya no tiene más obstáculos para el trono.

—Pero Abilio —preguntó otro ministro muy
alto, de nariz prominente—, si el Sorteado dice
que él ni quiere ser rey.

—¡Claro, mi querido ministro Semicírculus! ¡Es
todo parte de su engaño! Señores, ¿es que alguien,
realmente, no querría ser rey?

Los ministros se miraron entre sí.

—Por supuesto que Gonzalo quiere ser rey
—continuó Abilio—. Pero ¿qué hace? Se hace
pasar por tonto, para que nadie lo crea peligroso
ni sospeche de él. Dice que no quiere ser rey. Y
luego, cuando está seguro de que todo el mundo
le cree, asesta su golpe: envenena a la princesa.
La deja como si fuera una muñeca de trapo, con
todo respeto por nuestra querida Berenice. ¿Para
qué? Para garantizarse que nadie podrá quitarle
el lugar de rey. Es un plan inteligente, que seguro
este Gonzalo ha estado sin duda elucubrando por

semanas, meses, quizá años, y que ahora, fríamente, ha llevado a cabo.

Abilio se tomó un segundo para estudiar a su público. Varios ministros tenían los ojos entrecerrados, sopesando los argumentos recién puestos. Otros, se rascaban la barbilla, pensando, sorprendidos, cuán cerca de la verdad podía estar Abilio. E incluso otros, los más, asentían levemente, ya dando por sentado que las insinuaciones del rubio muchacho eran la más acabada realidad.

—No hay la menor duda, señores —decidió rematar la cuestión Abilio—. Es Gonzalo quien se ha hecho pasar por un admirador y emponzoñado a nuestra bienamada Berenice.

Los ministros mandaron llamar al Sorteado. De inmediato. ¡Ya mismo!

CAPÍTULO 3

Un héroe
en apuros

Gonzalo, lejos de estar preocupado por

toda la telaraña de intrigas políticas y policiales que se armaban en torno a él, se encontraba en el antiguo (y ahora abandonado) castillo de la ciudad. Sus paredes frías, que constantemente rezumaban humedad y hacían los inviernos intolerables, así como su pésima ubicación, habían llevado al rey y su hija a mudarse (y con ellos la Casa de Gobierno) al nuevo palacio real, una construcción más moderna y acorde con los tiempos que se vivían.

Por tanto, el castillo quedó en manos del olvido y estaba bastante venido a menos, en un estado deplorable, la verdad sea dicha. Tenía las ventanas rotas, sus piedras llenas de musgo y se hallaba apestado de todo tipo de alimañas, desde ratas

a babosas. Pues allí, en una de las catacumbas, hundido en las entrañas de la tierra, le habían permitido a Gonzalo tomar sus lecciones de canto.

Sin embargo, lejos de desanimarse por la poca aceptación que tenía su música, el Sorteado se tomaba sus lecciones de canto con seriedad religiosa y pasión irrefrenable. Por eso, al tiempo que Abilio urdía sus acusaciones, Gonzalo estaba ensayando. Abrigado, eso sí, porque, a pesar de ser primavera, allí abajo hacía un frío polar.

Mientras cantaba, liberando nubecillas de vapor, soñaba en ganar concursos de canto y recibir el aplauso del público, motivándose y dando así el máximo ardor a sus interpretaciones. Terminó una canción y escuchó una serie de golpes rápidos a la puerta, por encima de los acordes del piano.

Frunció el ceño, sorprendido, ya que nadie se atrevía a buscarlo hasta ahí. Corría el chisme de que, por escucharlo cantar, la gente se volvía sorda, enloquecía o moría. Pero como recibir visitas era siempre una sorpresa grata, Gonzalo se dirigió hasta la puerta.

—¿Quién es? —preguntó.

Como no hubo respuesta, abrió y ahí se encontró con el enjuto sargento Olegario Bermúdez, pelirrojo como una zanahoria y poseedor de una piel tapada de pecas, con ambas manos sobre sus orejas.

Gonzalo pensó que tal vez la cabeza le estuviera a punto de estallar y el pobre hombre la sujetase por aquello de "más vale prevenir que curar". Pero eso no podía ser. Las cabezas de las personas no explotaban así porque sí. O al menos eso era lo que él sabía.

—¿Qué le pasa? —le preguntó preocupado.

—Sorteado —comenzó Olegario—, ¿está usted en medio de una canción?

Gonzalo sacudió la cabeza y Olegario, aliviado, se quitó las manos de los oídos y descubrió que los compases del piano continuaban su curso.

—¿Por qué sigue la música, entonces? —preguntó, alzando las cejas.

—Ah, un segundo —respondió Gonzalo.

Caminó hasta un viejo de pelo largo y cuidada barba que estaba sentado frente a un piano destartalado y tocaba sin cesar, dándoles la espalda. El Sorteado le rozó el hombro y el viejo se volvió hacia él. Gonzalo le hizo un gesto con la mano y el viejo se quitó dos enormes tapones de los oídos.

—Maestro Recaredo, es hora de hacer una pausa.

Una luz de esperanza llenó los ojos grises del viejo y una sonrisa afloró a sus labios.

—Gracias, Sorteado —dijo con alivio—. Muchas gracias.

Gonzalo asintió y mientras volvía hasta donde Olegario todavía lo esperaba, se encontró con los dos canarios, las musas inspiradoras que había traído hasta su "sala de ensayo", secos contra el suelo de la jaula, con las patas estiradas, los picos abiertos y las lenguas afuera.

"Me pregunto qué les habrá pasado", se dijo Gonzalo y ya iba a chequear por qué estaban así, como muertos de un patatús, cuando le llegó la voz del sargento.

—¿Sorteado...?

—Ah, sí —respondió Gonzalo—. ¿Qué puedo hacer por usted?

—Los ministros lo llaman. Debe usted presentarse en la Sala de Juicios ahora mismo.

—¡Pero estoy en mi clase de canto!

—Claro, claro. Usted perdone, pero dijeron que era urgente.

* * *

—La situación es muy simple —dijo Abilio, parado frente al Consejo de Ministros y dándole la espalda al público.

A diferencia de la Sala de Conferencias, la de Juicios permitía que la gente común fuera a ver. Por tanto, Abilio hizo una breve pausa, por efectos dramáticos, y se giró. Miró a los ciudadanos que colmaban las gradas. Entre ellos, en primera fila, se veían doce cabezas morochas, de pelo lacio y brillante, doce caras con ojos color noche y diminutas pecas sobre la nariz, rasgos muy semejantes a los de Gonzalo. Tanto sus hermanos como sus padres Adela y Alberto se habían hecho presentes para el evento.

Pero quien más atención prestaba era una muchacha con un par de trenzas, una linda pelirroja con ojos como un trozo de cielo. Una muchacha llamada Remedios que, como recordarán, le tenía paciencia a Gonzalo cuando los demás ya no aguantaban más. Ella estaba ahí también y factiblemente fuera la única persona, incluido Gonzalo, preocupada por lo que ocurría en ese momento.

Abilio se aclaró la garganta y continuó, mientras todos, hasta los Penoso, lo observaban con ojos llenos de admiración.

—Gonzalo, este mentiroso y manipulador, que incomprensiblemente odia a la princesa Berenice, la ha envenenado, sumiéndola en un estado de muerte en vida. ¿Para qué? Para quedarse con el trono para sí y solo para sí. Hay, por tanto, dos opciones. Primera, que el Sorteado, ahora que ha sido desenmascarado, entregue el antídoto para el veneno y luego sea expropiado de su título de futuro rey para ser entregado a alguien que sea más adecuado.

Aquí volvió a tomarse un respiro, mientras se quitaba una minúscula pelusa del hombro. No dirigió su vista hacia el público ahora, más bien prefería que ellos se encargaran de verlo a él.

—Alguien con más talento para ser rey. "En una palabra, yo", pensó—. Bien. Segunda opción. Si el Sorteado Gonzalo se niega a proporcionar el antídoto que salve a nuestra amada Berenice... pues en ese caso no queda más que desterrarlo. Abandonará la ciudad, nunca más podrá volver y nunca más sabremos de él. Por supuesto, una vez más habrá que elegir, con sumo cuidado, quién tomará su lugar como futuro rey. "En una palabra, yo", se dijo Abilio.

Un murmullo recorrió el lugar, especialmente entre las personas reunidas en las gradas. Los ministros observaban todo con grave silencio, en representación del rey.

—Por tanto, Sorteado, ¿cuál es su respuesta?

Gonzalo había observado todo sentado en un taburete en medio de la sala. Sostenía su crecido cabello lacio detrás de las orejas, para que no le cubriese los ojos. Apoyaba sus codos sobre las rodillas y el mentón sobre las manos. La luz clara

de ese día primaveral iluminaba sus minúsculas pecas negras en torno a la nariz y hacía brillar su pelo oscuro, pero sus ojos permanecían apagados, mirando sin ver.

—¡Sorteado!

—¿Qué?

—¿Cuál es su respuesta?

—¿Mi respuesta de qué?

—¿Qué va a hacer?

Gonzalo arrugó la boca. Esa manera de tratarlo de usted lo ponía de mal humor. Cuando lo insultaba en medio del colegio "Guau", no lo trataba de usted. Ahí no, no señor.

—¿Qué voy a hacer de qué? —respondió Gonzalo.

—De la situación de la princesa, claro.

—¿Qué situación?

Entre la multitud, escaparon algunas risas y Abilio pateó el suelo para que hubiera silencio. Las risas desaparecieron de inmediato.

—¿Es que ahora va a negar su crimen?

—¿Qué crimen?

Algunas risas, más apagadas ahora, volvieron a sonar por la Sala de Juicios.

—El envenenamiento de la princesa.

—¡¿La princesa fue envenenada?!

—¿Es que nos está tomando el pe... ?

—¡¿Y por qué nadie me dijo nada?!

Abilio habló entre dientes.

—Acabo-de-hacerlo.

Gonzalo volvió su oreja derecha hacia Abilio.

—¿Qué?

—¿Qué, qué?

—¿Qué dijiste?

—Que acabo de hacerlo.

—¿Hacer qué?

—Decirlo.

—¿Decir qué?

—¡Lo de la princesa! ¡Deje de hacer preguntas obvias! ¡¿Acaso es completamente estúpido?!

—No, yo no—. Y adoptó un tono adusto, a propósito—. ¿Usted?

Ahí unas cuantas risas más no pudieron ser detenidas y varios ministros cambiaron de posición, incómodos, en sus asientos. Abilio enrojeció desde la punta del mentón hasta los lóbulos de las orejas.

—¡¿Dónde está el antídoto?! —demandó, apuntándole un dedo acusador, y, al instante, reinó el silencio.

—¿Qué antídoto?

—El antídoto del veneno.

—¿Qué veneno?

—El de la princesa.

—¿Hay un antídoto para la princesa? ¿Entonces por qué no se lo dan y asunto solucionado?

La paciencia de Abilio se colmó. Dio un par de pasos, como si fuera a tomarlo por el cuello, pero entonces se abrieron las puertas de caoba que comunicaban la sala con el corredor principal. Un suspiro recorrió a los presentes y luego quedó instalado el más profundo de los silencios.

—Su Majestad... —dijo Abilio, alejándose de Gonzalo y haciendo una reverencia.

El rey no respondió y miró hacia ambos costados. Era un hombre alto, de hombros anchos, ojos cafés y mirada penetrante. Su cabello era largo, totalmente lacio y de color blanco, al igual que su barba y bigote, recortados con prolijidad.

Tras respirar hondo, caminó por el pasillo entre los asientos, con la frente alta. Cuando llegó hasta donde estaban los ministros y Abilio, les hizo un gesto con la cabeza, reconociendo que estaban allí, y luego centró su atención en Gonzalo.

—¿Cómo estás? —le preguntó.

—Bien, gracias, don rey. ¿Y usted?

—¡Fantástico! ¡Pasándolo bomba! ¡Mejor es imposible!

Gonzalo sonrió.

—¿En serio?

—¡Claro! ¡Envenenaron a mi hija, que ahora parece un monigote, y nadie encuentra la solución! ¡¿Cómo se supone que voy a estar?!

—¿No muy bien?

—¡Estoy pasando el peor día de mi vida!

—¿Entonces no está pasándolo bomba, don rey?

—¡No!

Abilio comprendió que era el momento ideal para meter la cuchara.

—Su Majestad, estábamos en el proceso de arrancarle la confesión a este envenenador —dijo, señalando a Gonzalo.

—¿Y a ti quién te ha preguntado algo? —le respondió el rey.

Abilio se mordió los labios y, tras otra reverencia, dio un par de pasos hacia atrás. El rey se enfrentó con Gonzalo.

—¿Envenenaste a mi hija?

—¿Cuándo?

—Cuando haya sido.

—No.

—¡Mentira! —clamó Abilio.

—Yo nunca miento —dijo Gonzalo.

—El único que nunca mentía —dijo el rey—, porque él siempre luchaba por la verdad, mi querido Sorteado, era el Enmascarado Misterioso y no me parece que seas tú. De todas maneras, no divaguemos. Esta es...

—¿El Enmascarado Misterioso? —repitió Gonzalo.

—Claro —respondió el rey—. El más grande héroe de todos los tiempos. El Enmascarado Misterioso.

—Nunca oí hablar de él.

—Este pelmazo nunca oye hablar de nada —susurró Alberto Penoso a su mujer—. Siempre en la Luna.

—El Enmascarado Misterioso —dijo Abilio, levantando el mentón—, es un mítico personaje de nuestra literatura. Un héroe que, con su antifaz a cuestas, salvaba a nuestro reino de aquellos que lo ponían en peligro. Algunos que, por ejemplo, tenían por costumbre envenenar princesas.

El rey sacudió la cabeza.

—El Enmascarado... —suspiró el monarca—. Era un *crack*.

—Una de las figuras más célebres de la ficción —alzó el índice Abilio—. Aunque nunca existió, ha dejado una gran marca en todos nosotros. No sorprende que usted, justo usted, Gonzalo, ignore de quién se trataba.

El rey miró de reojo a Abilio.

—¿Aunque nunca qué? —dijo con voz grave.

Abilio lo miró y tragó saliva.

—Nunca... ¿existió?

—Todas las historias tienen alguna base en la realidad. Por supuesto que el Enmascarado en algún momento existió. Tuvo que existir. De alguna manera. Y no nos vendría mal que existiera hoy, aunque no más fuera para creer en algo o alguien.

Abilio se mordió los labios y pensó qué decir, pero no le vinieron palabras hasta los labios.

—Pero no divaguemos —continuó el rey—. Como intenté decir, esta es una gran oportunidad para Gonzalo.

—¿Una gran oportunidad para mí? —preguntó Gonzalo.

—¿Cómo, una gran oportunidad para *él*? —se escandalizó Abilio.

El rey volvió a mirarlo y el muchacho rubio se mordió los labios.

—Me gustaría hablar sin tener que escuchar mi eco —pronunció el rey y se volvió hacia Gonzalo—. Como dije, muchacho. Tu gran oportunidad.

—¿De qué?

—De mostrar tu valía como futuro rey.

—Y dale con eso. Ya dije que no quiero ser futuro rey. Ni rey tampoco.

—Eso no importa. Naciste el mismo día que la princesa, ya tienes trece años y debes enfrentar tu destino.

Gonzalo se molestó.

—Mi destino... No sé cómo va a ser mi destino si todo el mundo me lo anda manipulando así nomás. En toda la ciudad no hay quien no opine sobre mi destino. Bueno, para información de todos, mi destino no es la política, es el arte.

—¿Arte?

—La música. Yo canto. Soy un futuro cantautor.

—¿Cantar? Pero si tú cantas horrible, hijo.

—Y dale. Todo derrotista, todo negativismo. Vamos a poner un poco de optimismo, ¿no?

El rey optó por ignorar el comentario.

—La única solución para mi hija, según los médicos de la corte —dijo— es que beba un trago del Agua de la Vida, la misma que solo fluye de la Fuente de la Juventud Eterna. Con ese líquido mágico, mi hija se recuperará. Esta es, por tanto, tu misión: ir y traer hasta la ciudad el Agua de la Vida. Así, demostrarás tu valor y...

—Ya dije que no quiero demostr...

—¡No me interrumpas! Como decía, así demostrarás tu valor y salvarás a la princesa.

—¿Y por qué yo, a ver? Que vaya otro.

—¿Acaso no te preocupa que nuestra Berenice no se salve?

Gonzalo se alzó de hombros.

—Por mí...

El rey se cruzó de brazos.

—Ya te dije tu misión. Como Sorteado, debes ir y solucionar este lío.

Gonzalo se levantó.

—¿Y si me rehúso?

—Le indico al verdugo que te transforme en albóndigas con arroz.

Ugh, hizo Gonzalo, que odiaba el arroz.

—¿No puedo dejarle mi puesto a alguien más? —preguntó.

—No. Así es nuestro sistema de gobierno.

—Pero, rey, ¿no podemos cambiar el sistema de gobierno?

—¡No!

—¡Necesito descansar! ¡No puedo andar haciendo viajes largos!

—No importa.

—¡Ni siquiera sé dónde queda la fuente esa!

El rey tronó sus dedos y, por la misma puerta que él había aparecido, entró un hombre increíblemente delgado cargando un papiro enrollado. Se lo entregó a Gonzalo y se fue.

—¿Y esto? —preguntó Gonzalo—. ¿Qué es?

—Un mapa. Tienes trece días. Buena suerte.

Y sin una palabra más, el rey se retiró.

CAPÍTULO 4

Hacia la Fuente de la Juventud Eterna

A regañadientes, Gonzalo se encaminó ha-cia la Fuente de la Juventud Eterna, en busca del Agua de la Vida. Partió hacia el amanecer del día siguiente, montado en un estupendo purasangre, con el mapa y un garrote para defenderse de posibles asaltantes.

Cuando llegó a la puerta de la ciudad lo detuvo Froilán, el guardián del lugar.

—¡Alto! —le dijo, levantando la palma de su mano.

—¿Qué pasa? —preguntó Gonzalo.

—¿Adónde vas?

Gonzalo sacó el mapa que le había dado el rey y lo leyó por un instante.

—A la Fuente de la Juventud Eterna en el Jardín de las Estatuas, en el Desierto de los Huesos a traer el Agua de la Vida.

Gonzalo levantó la mirada. Froilán seguía con la palma levantada. Era delgado y alto, con pelo rubio, muy corto, más incluso que la propia barba que le cubría la mitad de la cara. Tras un par de segundos, la dejó caer y se rascó la nuca.

—¿Adónde?

Gonzalo volvió a leer:

—A la Fuente de la Juventud Eterna en el Jardín de las Estatuas, en el Desierto de los Huesos a traer el Agua de la Vida.

Froilán siguió sin entender. Siempre vivía en su puesto, vigilando que nadie pasara, aislado del mundo. Es bueno aclarar que no mucha gente decidía visitar la ciudad o salir de ella. De hecho, hasta ahora, en los últimos trece años, había ocurrido solamente dos veces. Llevaba, por tanto, una vida aburrida y difícil, pero era guardián y tenía un gran respeto por su trabajo: no dejar pasar a nadie, a menos que viniese en una misión oficial.

—Documentos —pidió Froilán.

—¿Qué documentos?

—Los de la misión oficial.

—Ah —respondió Gonzalo—. No tengo.

—Bueno —dijo Froilán—, entonces no se puede pasar.

—¿Y cómo voy a llegar hasta la fuente?

—No es problema mío. No se puede pasar.

—¿Cómo, no se puede?

—No se puede. Es la ley.

Gonzalo suspiró y pensó. Si no podía pasar, no tenía manera de ir a buscar el Agua... por tanto tendría que volver a su clase de canto. ¡O a descansar!

"¡Qué notable!", se dijo, asombrado de que, finalmente, la suerte le deparara algo bueno.

—Está bien—se alzó de hombros frente a Froilán—, está bien. Muchas gracias.

Mientras Gonzalo giraba, feliz, su caballo para retornar al granero del antiguo Palacio Real, donde vivía, una figura salió detrás de un par de abetos. La figura se cruzó en su camino y les cortó el paso a Gonzalo y su purasangre.

—Remedios —dijo Gonzalo, sorprendido, tirando de las riendas.

Remedios le respondió con una sonrisa todavía más grande que la que llevaba Gonzalo por no haber podido cruzar la puerta de la ciudad. Al tiempo que avanzaba con paso firme hacia él, le brillaban los ojos y le bailaban sus dos largas trenzas pelirrojas. Llevaba una multicolor mochila de hilo a la espalda y tenía puestos unos pantalones de franjas verticales rojas y blancas. "Esta siempre anda vestida de malabarista", se dijo Gonzalo.

—Hola —dijo ella.

Gonzalo se puso todavía de mejor humor y se dispuso a charlar con ella.

—¡Remedios! ¿Cómo te va?

—Bien. ¿Adónde vas?

—De vuelta al palacio y después a mi clase de canto.

—¿Pero no tenías que ir a buscar el Agua de la Vida? Toda la ciudad está hablando de eso.

—Ya sé.

—¿Entonces? La fuente queda hacia el otro lado.

—No se puede salir.

—¿Por qué?

—No se puede. Es la ley.

—¿Cómo que no?

—No.

—¿Quién dijo?

—El guardia.

—Debe haber algún error. Vamos a hablar con él.

—Si él dijo que no se puede, no se puede. Es la ley.

—¡Qué va…! —dijo ella, arrugando la boca—. Vamos.

Y sin pedir permiso, Remedios tironeó del purasangre, lo hizo dar vuelta y arrastró a Gonzalo a hablar con Froilán una vez más.

—Remedios... —intentó detenerla Gonzalo, pero era demasiado tarde.

—Alto —dijo por segunda vez en el día Froilán el guardián, mostrando la palma de su mano—. ¿Adónde van?

—A la Fuente de la Juventud Eterna en el Jardín de las Estatuas, en el Desierto de los Huesos a traer el Agua de la Vida —respondió Gonzalo, girando los ojos hacia atrás.

Froilán mantuvo su palma en alto y lo único que denotaba que era un ser vivo fue su boca, que se frunció un poco. Después de varios segundos, bajó la palma de la mano y se cruzó de brazos.

—No se puede pasar —dijo.

—¿Ves? —le dijo Gonzalo a Remedios—. No se puede pasar. Vamos a volver.

—Espera —dijo ella y se volvió hacia Froilán—. ¿Por qué no se puede pasar?

—Es la ley.

—¿Qué ley?

—La que dice que no se puede dejar pasar gente.

—¿Pasar gente hacia dentro de la ciudad o hacia afuera? —preguntó Remedios.

Foilán la miró por espacio de varios segundos y luego comenzó a mordisquearse la uña del meñique derecho.

—No sé —concluyó—. No dejar pasar. Punto. Ese es mi trabajo: guardia.

—Guardia... —dijo Remedios. Luego se quitó la mochila y buscó en ella.

—¿Qué haces? —preguntó Gonzalo.

—Busco mi diccionario —respondió ella.

Sacó un grueso volumen de tapas de cuero y hojas amarillentas.

—¿Qué haces con un diccionario encima? —frunció el ceño el Sorteado.

—Me gusta leerlo, es mi libro favorito. A ver —dijo mientras hurgaba entre las palabras—. Guardia. Acá está. Guardia: el que defiende algo. —Remedios levantó la vista hacia Froilán, que la observaba en solemne silencio—. Tu trabajo es defender la ciudad.

—Por supuesto —respondió él.

—Por eso la prohibición de dejar pasar para adentro de la ciudad, porque de lo contrario habría invasiones y ¿qué sería de todos nosotros?

Froilán volvió a pensar algo y se cruzó de brazos.

—Eso —dijo.

—Ahora, no dejar pasar para afuera... eso es otra cosa.

Froilán el guardián dejó caer sus brazos a los costados.

—¿Ah, sí?

—Sí.

—¿Qué es? —preguntó Froilán.

—Remedios... —trató de intervenir Gonzalo.

—¡Acabo de hacer una pregunta! —exclamó Froilán, levantando un acusador dedo hacia Gonzalo. Luego miró una vez más a Remedios—: ¿Decías?

—Los guardias tienen por misión no dejar pasar hacia adentro —respondió Remedios—. Defender, nomás. Punto. Lo demás no corresponde. Es trabajo extra.

—¿Ah, sí? —dijo Froilán y apoyó el codo derecho en la palma izquierda y con los dedos de la mano derecha tamborileó sobre su mentón.

—Sí —se alzó de hombros Remedios—. Así lo dice el diccionario. No dejar pasar hacia afuera es otro trabajo, de hecho, es el opuesto a ser guardián, casi podría decirse.

Froilán pensó y se mordió una uña.

—Ajá.

—Digo, porque si te van a hacer trabajar extra, deberían pagarte extra.

Froilán se cruzó de brazos y Gonzalo, que se estaba durmiendo, arqueó las cejas, sorprendido, y después frunció el ceño.

—No se me habría ocurrido —dijo Froilán.

—¿Te pagan extra?

—Me parece que no.

—¿Cuánto te pagan, si se puede saber?

—Salario mínimo.

—Entonces no te pagan extra.

—Es cierto.

—¿Ves? Siempre igual.

—¿Qué?

—Explotan a los más débiles.

Froilán se rascó el mentón.

—Bueno...

—A mí me parece —intervino Gonzalo, impaciente— que si no se puede, no se puede. Es la ley. Vámonos, Remedios.

Gonzalo iba a marchar, una vez más, hacia el palacio cuando Remedios sujetó las correas del purasangre, deteniéndolo.

—Ya bastante trabajo es ser guardia, ¿no? —le insistió Remedios a Froilán—. ¿Por qué tienen que explotarte, dándote el doble de trabajo pero pagándote sueldo mínimo?

Froilán asintió.

—Es verdad.

—Siempre igual. Pero no hay por qué tolerarlo. Los débiles también tienen derechos.

Las cejas de Froilán se juntaron y sus ojos se entrecerraron. Su boca se apretó.

—¡Es verdad! —dijo y dio un puñetazo contra su palma derecha.

—Según yo lo veo —siguió Remedios— es tu derecho dejarnos salir y negarte a trabajar extra. Es tu derecho inquebrantable.

—¿Dejarnos...? —preguntó Gonzalo.

Froilán continuó cavilando.

—¡Es verdad! ¡Es verdad! —caminó hasta las pesadas puertas de roble, la única abertura en toda la muralla que rodeaba la ciudad, y las abrió de par en par—. ¡Salgan ahora mismo! ¡Salgan si no quieren tener problemas conmigo!

Remedios se alzó de hombros.

—Bueno, ya que insistes... —dijo.

Y arrastró con ella a Gonzalo montado en su purasangre. Las puertas de la ciudad se cerraron a sus espaldas con un golpe seco. Estaban fuera.

* * *

—Bueno —dijo Gonzalo mientras miraba hacia un bosque plagado de pinos y eucaliptos que los rodeaba. Fuera de eso, no había mucha otra cosa. Puro campo, nomás—. Muchas gracias por nada.

—No hay de qué —sonrió Remedios y estiró una mano hacia él—. Ayúdame a subir.

—Eso es lo que no entiendo.

—¿Qué? ¿Cómo ayudarme a subir?

—No. ¿Para qué quieres subir y venir conmigo?

—¿No puedo?

—No sé.

—Entonces ayúdame a subir.

—¿Por qué quieres venir?

—Quiero irme de vacaciones. Al menos eso es lo que avisé en mi casa. Si es que se enteraron. Mucha atención no me prestan.

Remedios sonrió y se señaló la mano extendida para que Gonzalo la ayudara a subir, invitándolo a ayudarla.

—¿Vacaciones? —Frunció el ceño Gonzalo—. Yo no voy de vacaciones.

—Ya sé.

—¿Entonces por qué quieres venir?

Remedios suspiró y bajó su mano.

—Nadie tiene por qué andar solo por ahí, enfrentando a una vaca feroz —dijo. Luego esbozó su mejor sonrisa y volvió a estirar una mano hacia él.

Gonzalo parpadeó.

—¿Vaca feroz?

—Claro. ¿Acaso no sabías que es la protectora de la Fuente de la Juventud? —Agitó la mano delante de Gonzalo, para que la ayudara a subir.

—A mí nadie me avisó que iba a tener que pelear contra una vaca feroz.

—¿Cómo mostrarías entonces que tienes valor para ser rey? Si no es algo difícil de hacer, no tiene sentido. ¿Me ayudas a subir o no?

Gonzalo aún no daba señas de haberse dado cuenta de la mano de Remedios.

—Ah, no. Eso no vale. Si me revienta la vaca esa. ¿De qué me va a servir tener valía para ser rey si estoy todo reventado?

—De nada, tienes razón.

Ya sin esperar ayuda de Gonzalo, Remedios se las arregló para tomarse de las riendas y trepar al purasangre.

—¿Qué haces? —preguntó Gonzalo cuando vio que Remedios se acomodaba sobre el caballo, justo delante de él.

—Nada. Voy contigo.

—Claro, ahora si la vaca feroz nos ataca también te voy a tener que defender a ti. No me serviría de nada volver en perfecto estado pero contigo reventada. ¡Todo el mundo va a pensar que fue culpa mía!

—En todo caso —terció Remedios—, no creo que la vaca nos reviente.

Tomó las riendas y ella misma azuzó al caballo para que se adentrara en el bosque. Gonzalo la miró hacer y se cruzó de brazos.

—¿Y cómo sabes que la vaca no nos va a reventar, a ver?

—Fácil. Según dicen, la vaca no revienta a los guerreros que van a su fuente.

—¿Ah, no? —respondió aliviado Gonzalo.

—No. Directamente se los come.

* * *

Era verdad lo que decía Remedios, siempre tan bien informada. La vaca feroz era carnívora. Durante su viaje por el bosque, Remedios contó lo que se sabía de la temible criatura: que sus sobrevacunos poderes provenían de haber bebido Agua de la Fuente de la Juventud Eterna. Que, aparentemente, un buen día, una simple vaca llegó hasta la fuente y, debido a su sed, bebió un par de buches. Y que, a partir de ahí, siempre que tenía sed bebía y que de tanto tomar el agua, no solo fue joven para el resto de sus días, sino que dejó de ser una vaca común. Tanta agua la cambió. Se transformó en una vaca cruel y se dedicó a vigilar la fuente, para asegurarse de que nadie robase ningún litro de su Agua de la Vida.

Según contaban las historias, no confirmadas por nadie pero pasadas de boca en boca, podía volar y había desarrollado colmillos de tiburón, capaces de destrozar a un ser humano en un par de dentelladas. Además, tenía garras donde antes había pezuñas y su leche era supuestamente venenosa.

—Pero bueno, todo eso son puras habladurías —culminó Remedios.

Gonzalo, que vivía en la Luna pero no tanto, estaba blanco como papel.

—¿Có... cómo sabes que son habladurías? ¡Capaz que ahora mismo estamos yendo a ser merienda de vaca!

—Si no son habladurías, vamos a tener que derrotar a la vaca y punto.

—Ah, no. Yo tengo que ir a buscar agua, nomás. ¡Ahora que no me vengan con derrotar vacas!

—Si no derrotamos a la vaca no podemos ir a buscar el agua.

—¿Y si la vaca nos derrota primero?

—¿Acaso no quieres volver a la ciudad, cubrirte de gloria, taparles la boca a todos aquellos que nunca creyeron en ti y demostrar tu verdadera valía?

Gonzalo, que nunca había demostrado valía ni demasiadas dotes de valentía, se vio a sí mismo dando vueltas dentro del estómago gigantesco de la vaca y tragó saliva haciendo un sonoro *glup*.

—No sé...

—Si no la derrotamos, no podemos volver a la ciudad.

—Hay tanta ciudad por ahí. Puedo ir a cantar a alguna. ¡A lo mejor a la gente le gusta mi música y me va bien!

—Gonzalo, no lo tomes a mal, pero no cantas precisamente como los ángeles...

El Sorteado sacudió la cabeza, contrariado.

—Sé que todavía canto medio *chuminga*, pero algún día voy a cantar bien. Soy un artista nato. Voy a torcer mi destino, vas a ver. Hay que ser optimista. Vamos arriba yo, todavía.

—¿Por qué no te dedicas a los títeres? Los titiriteros también son artistas.

—Sí, ¿pero dónde viste un titiritero famoso, adorado por las multitudes?

Remedios sopesó el argumento.

—Es verdad.

—Yo quiero entrar y que la gente, apenas me vea, rompa en un aplauso ensordecedor. Para eso, tienen que adorarme las multitudes.

—¿Y para qué quieres que te adoren las multitudes?

Gonzalo pensó. Nunca nadie le había hecho semejante pregunta. Ni siquiera él se había cuestionado eso. Pero no se sorprendió de saber la respuesta.

—Porque nunca nadie me adoró. Más bien, me quieren menos que a un cascarudo.

—Ah.

—Por eso, mi sueño es entrar a un escenario y que la gente me aplauda apenas me vea...

—¿Cómo sabes que nadie te quiere? Habrá algunos que sí te quieren. Quizá una persona te quiera tanto que valga por una multitud.

—Créeme, no me quiere nadie. ¿Hay alguien que haya *visto* a la vaca? —cambió de tema Gonzalo, que seguía preocupado—. ¿Alguien que nos pueda aconsejar y ayudar?

—Nadie.

Gonzalo pensó un segundo.

—Entonces no existe —dijo con una sonrisa—. Si nadie la vio...

—No, nadie volvió con vida de la fuente.

—Ah, ahora me quedo mucho más tranquilo.

* * *

Donde estaban en verdad intranquilos era en la ciudad. En particular, quien se hallaba sobremanera inquieto era el perverso Abilio, que elucubraba planes tenebrosos en su habitación, caminando de un extremo a otro.

Sonaron unos leves golpes a la puerta. Abilio caminó hasta ella.

—¿Cómo está el tiempo?

—Mejor tener nariz grande porque el aire es gratis.

Abilio abrió la puerta, con seriedad.

—Vamos, entren, rápido.

Entraron dos muchachos de su edad, quince años. Uno era alto y el otro más bien retacón. El primero, de pelo castaño enrulado y ojos marrones, gordito y de brazos sorprendentemente cortos, se llamaba Oliverio. El segundo, con cabellera negra, cejas espesas, dientes de conejo y piernas sorprendentemente largas, era Augusto.

—¿Qué novedades hay? —preguntó Abilio.

—Se fue esta mañana —respondió Oliverio.

—¿A pesar de que le robamos el documento de la misión oficial?

Abilio había esperado que no dejaran salir a Gonzalo y lo mandasen al calabozo por negarse a cumplir su misión.

—No sabemos cómo lo hizo —respondió Oliverio—, pero salió. No está en ninguna parte.

—¡No podemos permitir que este estúpido vaya y consiga el Agua de la Vida! —rezongó Abilio.

—Lo más posible es que no lo logre —razonó Oliverio—. Al fin y al cabo, nadie pudo jamás, ¿no?

—No podemos correr riesgos —dijo Abilio, frotándose la garganta—. ¿Qué vamos a hacer si lo consigue? Entonces nadie va a poder quitarle el lugar de rey. ¡No soporto esa idea! ¡Alguien como él, rey! ¡Qué desperdicio!

—Seguro la vaca feroz se lo come —opinó Augusto.

Abilio se sentó en su enorme cama, pensativo.

—Se suponía que iban a mandarme a mí a buscar el remedio.

—Entonces nosotros te llevaríamos el antídoto y asunto resuelto, volverías para ser rey —comentó, con una sonrisa, Oliverio.

—Claro, para algo envenené a la princesa, ¿no? —dijo Abilio.

—No vas a tener problemas, Abi —concluyó Augusto.

El rubio muchacho saltó como una hiena.

—¡No me digas así, estúpido! ¡Sabes que lo odio!

—Bueno, perdón, perdón.

Abilio trató de calmarse. Abrió las puertas de su guardarropa y de entre lujosas prendas sacó dos botellas, una con un líquido ambarino y la otra con uno transparente. Observó ambos envases de vidrio con mirada soñadora.

—Demasiado esfuerzo nos costó conseguir este veneno y el antídoto como para ahora tirarlo todo por la borda. Tenemos que asegurarnos de que Gonzalo no vuelva.

—¿Qué vamos a hacer entonces? —preguntó Oliverio.

Abilio pensó un instante y ocultó nuevamente las botellas, esta vez con más cuidado.

—Vamos a salir tras él —dijo con voz grave— y a asegurarnos de que la vaca feroz lo invite a almorzar.

Los tres se miraron y soltaron unas siniestras carcajadas.

CAPÍTULO 5

Hotel In Memóriam

Hacia el crepúsculo, Gonzalo y Remedios

llegaron hasta un pequeño claro en medio del bosque. Metida en el follaje había una desvencijada edificación de madera, tan pero tan desvencijada que apenas se mantenía en pie. Más bien, parecía un gigantesco y ruinoso castillo de naipes.

Remedios dudó que algún alma la hubiese habitado en el último siglo. El pasto alrededor estaba crecido y descuidado, lleno de yuyos. Las tablas en las paredes, grises y carcomidas por las termitas, daban fe del inclemente paso del tiempo. En realidad, algunas maderas del techo habían ya caído al suelo y allí habían quedado, sin que nadie se molestara en levantarlas.

Un oxidado cartel de hierro pendía de una vara metálica, en precario equilibrio, colgando de una raquítica cadena, verticalmente. Cada vez que soplaba algo de brisa producía un chirrido desagradable. Los pocos restos de pintura que aún se sujetaban al metal permitían reconocer letras, y Gonzalo inclinó su cabeza para poder leer.

Hotel In Memóriam
¡Su mejor e inolvidable estadía nocturna!

—Un hotel —dijo y enderezó la cabeza—. ¡Qué bien! ¡Un lugar para pasar la noche! ¡Y con el hambre que tengo!

Sin más, se apeó del caballo y caminó entre los yuyos hasta la puerta abierta del lugar.

—¿Estás seguro? —preguntó Remedios.

—¿Seguro de qué?

—De quedarnos acá.

—¿Por qué?

—Mira las maderas.

Gonzalo las miró.

—¿Qué?

—¡Este lugar está todo destartalado! Si lo soplas, se cae.

Gonzalo miró a Remedios y luego al hotel. Sopló con cuanta fuerza pudo y al ver que nada ocurría, se volvió hacia ella con una sonrisa.

—Te falta optimismo —le dijo.

Remedios giró los ojos hacia atrás, pero se bajó del purasangre y fue con él hasta el hotel. Entraron por una puerta que parecía, quizá, la única cosa más o menos sólida en la edificación y recorrieron la estancia con sus miradas. Si el *hall* en algún momento tuvo sillones o mesas, algún lugar donde sentarse o algo así, era imposible demostrarlo, siquiera imaginarlo, porque ahora estaba vacío, a no ser por restos de madera y mugre.

El único mueble era un sofá de tres puestos con el tapizado decolorado y rasgado en varios lugares. Seguramente, en algún momento había sido de buena calidad, pero ahora no tenía ni patas y lo que parecía ser el resto de una, estaba a medio quemar en la estufa de leña que había allí. Olía a rancio y humedad, como si el lugar hubiese estado cerrado por mucho tiempo. Todo tenía una apariencia ajada y vieja, como llena de arrugas.

—Está un poco desordenado, pero es... agradable —dijo Gonzalo.

—Hace más frío que afuera —arrugó el entrecejo Remedios.

—Pero tiene estufa. Todo es cuestión de encenderla.

Delante de ellos había un mostrador cubierto de polvo, con una campanilla sobre un costado.

—Vamos a llamar al encargado —culminó Gonzalo.

Avanzó hasta el mostrador y pulsó la campanilla, que no funcionó. Tras tratar, infructuosamente, un par de veces más, optó por aplaudir.

—¡Hola! —gritó—. ¿Hay alguien, por favor?

Después de una pequeña pausa apareció un hombre en piyama, con pelo entrecano totalmente revuelto y barba de varios días. Un mondadientes sobresalía del costado de su boca y tenía la nariz más peluda que Gonzalo hubiese visto jamás.

—¡¿Qué hacen ustedes acá?!

Gonzalo lo saludó con un asentimiento de su cabeza y a continuación pronunció:

—Buenas noches, caballero.

El hombre miró hacia los costados, sorprendido de que Gonzalo le hablase a él y con tanto respeto. Lo señaló con un dedo que, al igual que los otros, tenía la uña tupida de suciedad.

—¿Qué quieren? ¡¿Por qué están dentro de mi casa?!

—Nos gustaría pasar la noche, si no es mucha molestia.

—Yo no los invité. Solo mis amigos se pueden quedar. Y no tengo amigos.

Gonzalo parpadeó, pensando qué responder. Entonces intervino Remedios.

—¿No es un hotel esto?

Los ojos del hombre se agrandaron. Bajó el dedo índice (con su mugrienta uña) y enganchó los pulgares en las axilas.

—Es verdad, ya lo había olvidado —se balanceó levemente hacia atrás y adelante, como si pensara algo—. ¿Ustedes vienen por lo del hotel?

—Claro —dijo Gonzalo.

El hombre se cruzó de brazos, asombrado.

—Válgame.

—¿Se puede? —preguntó Remedios.

—¿Se puede, qué? —inquirió el hombre.

—Quedarse, claro.

El hombre se quedó viéndola, estupefacto. Luego de unos instantes, pareció reaccionar.

—Cómo no. Un segundito…

Marchó hasta la trastienda y volvió al rato con un enorme libro de tapas de cuero negro. Al colocarlo sobre el mostrador, levantó toneladas de polvo que hicieron estornudar repetidamente a Remedios. Cuando el hombre lo abrió, resultó no ser más que un cuaderno en blanco.

—Bienvenidos al Hotel In Memóriam, estimados viajantes —dijo con expresión adusta—. ¿En qué puedo servirles?

Gonzalo sonrió.

—Nos gustaría alquilar una habitación. ¿Tiene alguna disponible?

El hombre revisó las hojas completamente vacías del cuaderno, recorriendo cada renglón con su índice. Al culminar con la inspección, el hombre los miró.

—Fíjese qué suerte, hoy sí tenemos vacantes.

—¡Qué bien! —dijo Gonzalo y le hizo a Remedios un gesto con el pulgar hacia arriba. ¿Viste que no hay que ser tan negativa? —le sonrió.

Remedios se humedeció los labios y miró hacia arriba, buscando paciencia.

—Novecientos uno, novecientos dos, novecientos tres...

—Perfectamente, caballero —dijo el encargado—. ¿A nombre de quién debo asignar la habitación?

—Gonzalo Penoso y Remedios Flores —sonrió Gonzalo.

—Perfectamente, caballero.

Y el hombre se puso allí mismo a anotar sus nombres con caligrafía prolija.

—Disculpe... —comenzó Remedios.

—Dígame. La escucho aunque no la mire.

—¿Por qué el hotel se llama In Memóriam?

—Ah, tal como lo diría el célebre don Cataclismo Sinúberez, que me lo vendió poco antes de terminar en una institución mental, pasaba tan poca gente y era todo tan igual, un día exactamente el calco del otro, que se perdía la noción del tiempo, hasta que al final uno terminaba perdiendo también la memoria. Por eso nuestro bello nombre, In Memóriam.

—Ya veo.

—Perfectamente. ¿Qué habitación prefieren?

—¿Cuáles hay? —preguntó Gonzalo.

—De momento, la uno. Las demás están fuera de servicio.

—Entonces nos quedamos con la uno.

—Perfectamente —respondió el hombre y le dio una herrumbrosa llave—. ¿Se van a servir cena?

Remedios iba a decir que no, gracias, pero Gonzalo se le adelantó.

—¡Por supuesto!

—Perfectamente.

—¿Dónde queda la habitación?

El encargado señaló una escalera sin baranda cuyas ajadas maderas tenían un aspecto poco confiable.

—Piso superior, la primera a la derecha. Cuidado con los escalones, algunos se agujerean y pueden caer directamente hasta el sótano.

—Gracias —asintió Gonzalo—. No se preocupe.

Gonzalo partió hacia arriba y Remedios se quedó un segundo más con el hombre.

—Una pregunta...

—Dígame, señorita...

—¿Alguna vez antes alguien alquiló una habitación?

—¿En este hotel, quiere decir?

—Sí.

—Desde que yo estoy, no, nunca.

Remedios sonrió.

—Me lo imaginaba. Gracias.

Y fue escaleras arriba.

* * *

La cena consistió en porotos y garbanzos hervidos, arroz blanco y huevo duro, todos mezclados. Armaron una mesa en medio del *hall*, con una puerta en algún momento había terminado allí tirada y se sentaron encima del sofá sin patas, rodeados por la misma mugre que había apenas entraron. Remedios miró el revoltijo humeante en su plato y sintió que podía pasarse cuatro días más sin probar bocado.

Gonzalo miró de reojo a su compañera de viaje y, finalmente, sonrió lo mejor que pudo ante la comida. Tras tomar una cuchara, comenzó a alimentarse.

—¡Qué bueno tener comida casera! —dijo mientras masticaba.

—Muchas gracias, caballero —respondió el dueño, que sostenía una olla sucia de tizne con una mano y un cucharón con la otra—. Es usted muy amable.

Remedios suspiró. Sobre los bordes, el plato tenía unos pegotes ocres y verdosos, de sustancias irreconocibles, como babosas resecas. Levantó la mirada hacia el dueño del Hotel In Memóriam.

—¿No tiene mayonesa o algo así? —preguntó, con la esperanza de al menos comer el arroz y el huevo duro.

—Tengo sal, señorita.

—¿Entonces la comida no tiene sal? —arqueó las cejas Remedios.

—No dijeron nada sobre que querían comida muy condimentada —dijo el hombre y levantó el mentón.

—¿La comida con sal es muy condimentada? —parpadeó Remedios.

Gonzalo levantó su cuchara.

—Yo quiero sal.

—A la orden —respondió el dueño y desapareció en la cocina.

—No seas negativa —le dijo Gonzalo cuando estuvo seguro de que no los escuchaba.

Remedios tomó el mapa y lo estudió, mientras él devoraba el alimento. "Menos mal", pensó aliviada, "que la fuente no está lejos. Dudo de que tengamos que parar en otro hotel".

—Gonzalo... —dijo, dejando el mapa a un lado.

—Mmm... —respondió él, con la boca llena.

—Traje algo para ti.

Gonzalo dejó la cuchara sobre la mesa y tragó la comida.

—¿Qué? ¿Un regalo?

—Algo así.

Remedios buscó en su mochila de hilo y de allí sacó dos marionetas.

—Upa... —dijo Gonzalo.

—Las hice yo.

Las criaturas de madera y tela personificaban a una chica y un chico. La muchacha tenía pelo rojo, enrulado, hermosísimos ojos celestes, pintados con delicadeza, y dos trenzas. Sus piernas ágiles y largas estaban recubiertas por unos pantalones de franjas verticales rojas y blancas, y llevaba una multicolor mochila de hilo a la espalda.

La otra marioneta representaba a un muchacho de pelo negro, largo y lacio, ojos color noche, así como diminutas pecas oscuras en torno a una sonrisa simpática, muy parecida a la de quien recibió las marionetas.

—Gracias —dijo Gonzalo.

—De nada —sonrió.

Esa noche, Gonzalo sacó su repertorio de voces y se puso a inventar historias con sus marionetas, como siempre ocurría cuando Remedios le llevaba alguna. El muchacho parecía sumirse en su propio mundo y transportarse a otro lugar. Y aunque estaban en medio del *hall* más sucio de la historia, sentados en un sofá ruinoso, la propia Remedios y hasta el encargado habrían jurado, que ellos mismos también se transportaban a otros mundos, como si estuvieran en el teatro más caro de la ciudad, en sus mejores butacas y vestidos con las mejores ropas.

* * *

Vestidos con sus mejores ropas y portando sus mejores armas, sendos sables de acero, tres truhanes, ocultos por las sombras, preparaban un tenebroso plan. Aunque era la misma hora a la que Gonzalo divertía a su escaso público, se hallaban a un día de distancia del Hotel In Memóriam. En el jardín trasero de una de las casas más ricas de la ciudad, se aprontaban para un largo viaje, montados en sendos corceles.

—¿Estamos prontos? —preguntó Abilio.

—Listos —respondió Oliverio.

—Destrocemos a ese Sorteado de morondanga —agregó Augusto.

Envueltos en la penumbra, partieron hacia la Fuente de la Juventud Eterna, tras los pasos de Gonzalo.

CAPÍTULO 6

Nubes oscuras sobre cielo claro

A la mañana, Gonzalo y Remedios salie-

ron hacia donde los esperaba su purasangre. El desayuno no había constado de mucho (unas galletas secas), pero a esa altura no les importaba demasiado, porque el dueño del hotel, llamado Lelio, había resultado una excelente compañía durante la noche y ya eran amigos. La verdad era que el hotelero había quedado conmovido de que alguien quisiera quedarse en su hotel y además pagarle dinero por ello, así que para el viaje les regaló veinticuatro huevos duros, varias galletas, un par de manzanas y algo de mayonesa, que preparó en la mañana.

Sobre la media mañana salieron al claro y, tras despedirse de Lelio con un abrazo que trajo lágrimas a los ojos del hotelero (es la emoción, decía, es la emoción), Gonzalo se encaminó hacia su caballo. Había decidido montarse primero para esta vez ayudar a Remedios a subir. Después de todo, ella estaba acompañándolo en su viaje y, por si fuera poco, le había llevado de regalo un par de marionetas.

Levantó su pierna y cuando hacia fuerza para subir, se escuchó un sonido que recordaba (lejanamente) a un sapo. Remedios se llevó la mano a la nariz.

—¡¿*Otra vez*?! —preguntó, escandalizada.

Gonzalo se llevó la mano al estómago y enrojeció de vergüenza, al tiempo que se acomodaba en la montura.

—Perdón. Es que con tanto poroto, me pongo un poquito... —buscó la palabra— sonoro.

—¿Un poquito? —respondió Remedios, todavía con el pulgar y el índice apretándole la nariz—. Estás a punto de matar a todos los árboles que hay cerca.

—Y bueno, ¿qué le voy a hacer? Es que cuando hago algún esfuerzo...

—No me expliques, no me expliques.

Remedios, siempre con las fosas nasales cubiertas, movió su mano libre para dispersar el olor. Detrás de ella, Lelio también se tapó la nariz, a pesar de que mantuvo su expresión adusta y seria, mojadas sus mejillas por las lágrimas. Gonzalo bajó la mano para ayudarla a subir y a Remedios se le iluminó la cara al verlo preocuparse por ella, tanto que hasta olvidó la pestilencia que flotaba en el aire.

—Gracias —dijo, tomando la mano de él.

Apenas Gonzalo hizo fuerza para levantarla, se escuchó otro de sus temibles truenos.

—¡Puaj! —exclamó Remedios—. ¡Basta!

—Ya te dije que es sin querer.

Gonzalo dejó escapar una risita, no demasiado fuerte, porque de lo contrario habría otra descarga.

—No sé de qué te ríes —insistió Remedios mientras se acomodaba delante de él.

La muchacha sacudió la cabeza y Gonzalo hizo avanzar al purasangre, mientras saludaba a Lelio, que los despedía agitando un sucio pañuelo que otrora había sido blanco.

* * *

El que otrora había sido celeste era el cielo, que ahora se cubría progresivamente de nubes. Así como Remedios y Gonzalo abandonaban el Hotel In Memóriam, Abilio, Oliverio y Augusto abandonaban la ciudad. Cabalgaban por el bosque de eucaliptos y pinos, confiados en sus fuerzas mientras discutían el mejor plan por seguir.

—Yo creo que lo mejor es hacerlo carne picada con los sables y olvidarnos de él —decía Oliverio.

—Para mí, lo mejor es encontrar un precipicio y tirarlo —opinaba Augusto.

De todas maneras, era Abilio el que mandaba y los otros dos lo sabían. Sería él quien decidiría qué hacer con ese insoportable de Gonzalo.

Sin embargo, el rubio y gallardo muchacho estaba sumido en preocupaciones. Este asunto cada vez le gustaba menos. Para empezar, lo tenía meditabundo cómo los había atendido Froilán, el guardián de la Puerta de là Ciudad, que se suponía no podía dejar pasar a nadie, a menos que fuera en misión oficial.

Por supuesto, Abilio había previsto este problema y llevaba la misión oficial sellada por el rey que le correspondía a Gonzalo.

—Alto —les había dicho el guardián, mostrándoles la palma de su mano.

Abilio ya le iba a mostrar el documento mientras sus compinches aprontaban sus sables, por las dudas. Si el guardia les causaba problemas, lo tajarían como jamón. Pero Froilán no estaba interesado en ningún documento. Tenía un brillo algo loco en la mirada y su voz sonaba con mucha autoridad.

—¿Van a pasar hacia adentro o hacia afuera? —les espetó.

—¿Cómo? —dijo Abilio.

—¿Van a pasar hacia adentro o hacia afuera?

Abilio frunció el entrecejo, guardó su papel y se cruzó de brazos. Augusto y Oliverio apretaron las empuñaduras de sus sables, inquietos, esperando su orden. Abilio decidió darse una pequeña pausa.

—¿Cuál es la diferencia? —preguntó.

—Pasar para adentro no se puede, pero para afuera sí.

Augusto y Oliverio intercambiaron una mirada y Abilio se humedeció los labios.

—¿Y por qué? —le preguntó a Froilán.

—Porque ya es hora de decir basta a la explotación de los más débiles y exigir que se respeten nuestros derechos. ¡Nuevos tiempos se avecinan y ya nada será lo mismo, no señor!

Abilio no tuvo la menor duda de que el guardia había enloquecido por estar tanto tiempo apartado del mundo, cuidando una puerta que nadie jamás cruzaba. Decidió seguirle el juego.

—¿Cómo vamos a pasar hacia adentro —le preguntó con dulzura—, si ya estamos adentro?

Froilán pareció meditar un segundo. Luego, volvió a levantar un dedo acusador.

—¡Respondan la pregunta!

—Nosotros queremos pasar hacia fuera —afirmó Abilio con una sonrisa.

Froilán abrió las puertas de par en par y les hizo gestos ampulosos para que avanzaran.

—Vamos, vamos. Salgan ahora mismo. Fuera, fuera.

Sin responder, Abilio se adelantó y cruzó la puerta, seguido de Augusto y Oliverio. Sus compañeros rieron del pobre demente que dejaban atrás pero, a pesar de sí mismo, Abilio se llenó de temores. Esos nuevos tiempos que anunció el guardia lo pusieron nervioso, aunque sabía que nada cambiaría, mucho

Federico Ivanier

menos por antojo de un desquiciado cualquiera. Sin embargo, el problema no era que estuviera loco, sino que estuviera tan loco.

Pero eso no era lo importante. Lo importante era frenar a Gonzalo, así que no se distrajo.

—Nosotros —dijo, para culminar la discusión sobre cómo aniquilar al Sorteado— no tenemos por qué hacer nada. Simplemente tenemos que asegurarnos de que la vaca cumpla su trabajo.

Miró al cielo, vio cómo unas nubes oscuras invadían el poco celeste que quedaba y se sintió satisfecho.

* * *

—Se está nublando —aseguró Gonzalo.

Un viento frío se colaba entre los árboles y los barría con su aliento de hielo. El sol ya descendía detrás de los árboles y la temperatura había bajado. Gonzalo y Remedios llevaban el caballo a paso lento, ella sentada delante y él detrás.

—No creo que llueva —respondió Remedios.

—No, no es por la lluvia. Es que las nubes oscuras son de mala suerte.

104

—¿Sí?

—Son mensajes de que algo malo está por pasar.

—No sabía que eras tan supersticioso. No creo que nada malo vaya a pasar.

—Esperemos que no —dijo Gonzalo, mientras lo recorría un escalofrío al pensar en la vaca feroz.

—¿No es que no hay que ser negativo?

—Claro, claro —se mordió las uñas Gonzalo.

—No importa, ya estamos por llegar —respondió Remedios, cómodamente apoyada contra el pecho de su amigo, mientras observaba el mapa.

—¿Llegar a dónde?

Remedios se giró como pudo para mirarlo a la cara. Gonzalo parecía abstraído, guiando el caballo.

—A la fuente, por supuesto. ¿A dónde creías que íbamos?

—Ah, sí. Cierto.

—A veces me pregunto dónde tendrás esa cabeza la mayor parte del tiempo.

—En mi cuello.

Remedios sonrió.

—Bueno —dijo y levantó la vista—, ahí adelante tiene que estar.

Y así fue. Avanzaron un poco más y llegaron hasta un claro en el bosque, uno tan grande que, de hecho, el bosque terminaba. Enmarcado por el cielo lila del crepúsculo, los encandiló un fulgor fantasmal, blanco como la muerte. Una vasta extensión del color de la leche se abría ante ellos.

CAPÍTULO 7

Un desierto
de huesos

Anochecía cuando Abilio, Oliverio y Augusto llegaron al Hotel In Memóriam.

—¿Qué es esta porquería? —preguntó Abilio.

Miraron las maderas enclenques, la puerta cerrada y cómo Lelio, sin verlos, tapiaba una ventana. Las demás ya lo estaban, con maderas recién clavadas. Después de dar el último martillazo, Lelio abrió la puerta y se metió dentro de la precaria edificación.

—Parece un hotel... o algo así —dijo Augusto.

—Sea lo que sea, está clausurado —agregó Oliverio.

—Olvidado, más bien —completó Augusto.

Hicieron avanzar sus corceles unos pocos pasos y llegaron hasta el cartel, que todavía pendía de su única cadena. Abilio lo tomó con dos dedos y lo enderezó.

—Hotel In Memóriam —leyó. Luego sonrió—. Hotel Inmundicia, diría yo.

Mientras los otros dos reían, Abilio aprovechó para arrancar lo que quedaba del cartel (bastó solo un tirón, la cadena oxidada ya estaba por transformarse en polvo, de todos modos) y lo arrojó lejos.

—Debería decirle a mi padre que mandara el ejército a destruir cosas como estas para que no afeen el paisaje —dijo Abilio, sacudiendo al viento su bella cabellera rubia.

Oliverio abrió un mapa y lo estudió.

—Sin embargo, no tenemos otro lugar para pasar la noche —levantó la mirada—. No puede ser peor que dormir a la intemperie.

Abilio suspiró, insatisfecho.

—Está bien, pero cuando termine todo este asunto —alzó las cejas, sumido en pensamientos—, por favor, recuérdenme tirar abajo esta roña.

—Cómo no —respondió Augusto.

—No faltaba más —completó Oliverio.

En ese momento, tras un crujido que les crispó los nervios, se abrió la puerta del hotel.

Lelio salió con una valija y cerró a su espalda.

—Buenas noches, caballeros —saludó a los recién llegados con una corta reverencia e iba a seguir su camino cuando Abilio le cortó el paso, anteponiéndole su caballo.

—¿Es usted el dueño de esta cosa? —le preguntó a Lelio, que había quedado frente a frente con la cabeza del equino.

—Así es, caballero.

—Perfecto. Vamos a pasar la noche.

—Imposible.

Abilio se frotó la lengua contra el interior de su mejilla derecha. Si había algo que le irritaba era que la gente, especialmente la inferior, le llevara la contraria.

—¿Qué?

—El hotel está cerrado por vacaciones. Esta ha sido una temporada de demasiado trabajo. Tuvimos una cantidad récord de visitantes.

—¿Sí? —preguntó Augusto—. ¿Cuántos?

—Dos.

Federico Ivanier

Abilio frunció el entrecejo y luego resopló.

—La temporada no terminó, vuelva a abrir.

Lelio sacudió la cabeza.

—Lo lamento, mi queridísimo caballero, pero me temo que la temporada sí ha terminado.

—Que no terminó.

—Que sí.

—Que no.

—Que sí.

Abilio se frotó los ojos, cansado.

—Muchachos... —dijo.

Tanto Oliverio como Augusto, a ambos costados de Abilio (y, por tanto, de Lelio) desenvainaron los dos pesados sables de acero que cada uno llevaba. Lo hicieron rápido, al instante, y apuntaron hacia el hotelero. Lelio miró las cuatro hojas curvas brillar lóbregamente bajo la pálida luz de la luna.

"Mira tú", pensó Lelio, no sin cierta fascinación. "Ahora hasta hay gente dispuesta a matar por quedarse en el hotel. Qué éxito, Dios mío".

—Perfectamente —dijo dándose media vuelta—. Pero no esperen cena. No me queda nada.

—No hay problema —sonrió fríamente Abilio, que no pretendía probar nada preparado en esa pocilga—. Nosotros trajimos nuestra propia comida.

* * *

Aunque aún tenían algo de comida, Gonzalo sintió que se le iba el hambre. Junto a Remedios observaron fascinados la luminosidad nívea que los esperaba. Se hallaban ante un enorme desierto de huesos, con todo tipo de esqueletos despatarrados sobre el suelo. Había calaveras, costillas, piernas y brazos, todos en partes y varios de ellos rotos. Eso sí, todos los huesos estaban limpios y parecía que alguien los hubiese pulido hasta que tuvieran la apariencia de unas maléficas joyas.

Serían unas diez cuadras de huesos. Diez cuadras de osamentas apiladas unas sobre otras. Por allá se veían algunos fémures, por acá algunos cúbitos, más cerca alguna que otra caja torácica, algún húmero y un par de infaltables cráneos. Más lejos estaban otros, irreconocibles, partidos en dos, como arrojados a un lado después de una comida. Nada se veía del suelo más que los huesos.

Era exactamente igual que un desierto. Si uno levantaba huesos, abajo había más huesos, y si

uno levantaba esos huesos, se encontraba todavía con más. La cantidad era interminable, infinita. De allí, no emanaba olor alguno, ni viento –apenas si llegaba un aire caliente y reseco.

Gonzalo y Remedios miraron el espectáculo en silencio, azorados, tan pálidos como la propia luz de la luna que poco a poco escalaba en el cielo. Desmontaron. Incluso la oscuridad que comenzaba a cernirse sobre ellos no podía menoscabar el brillo que tenían ante sí, como si el suelo tuviera luz propia.

—¿Y esto? —dijo Gonzalo.

Remedios aspiró aire por la boca, buscando mantenerse tranquila. Justo donde comenzaba el desierto, los huesos de un brazo, en su mayoría rotos, apenas sostenían una espada mellada. Nada más marcaba la transición del pasto al desierto. Remedios tragó saliva.

—¿Esto? —preguntó ella, acomodándose casualmente el pelo—. Son huesos.

—Sí, ya sé. Pero ¿huesos de qué?

—Es imposible saberlo a ciencia cierta, pero parecen de gente.

—¿Gente? ¡¿Qué pasó acá entonces?!

Remedios miró con aprensión al desierto y la espada con muescas.

—La vaca feroz, supongo.

—¡¿La vaca hizo todo esto?!

—No sé.

—¡¿Se comió a toda esta gente?!

—No sé.

—¡¿Cómo no sabes?! ¡Eres la que dijo que podía ser la vaca!

—Supongo que habrá sido ella, sí. Estos serán los huesos de todos los que quisieron llegar hasta la fuente.

Gonzalo observó el colosal baldío blanco con la boca abierta.

—Muy bien, entonces —dijo, tras una pausa—. Listo.

Sin más, se montó en su caballo y lo hizo dar media vuelta justo antes de que Remedios tomara, como a la salida de la ciudad, las riendas.

—¿A dónde vas? —le preguntó ella.

—¿A dónde parece? ¡Lo más lejos de aquí posible! Seré distraído, pero no tanto como para meterme ahí. Vámonos.

—¿Justo ahora te vas a ir?

—Tienes razón. Tendría que haberme ido mucho antes.

—¿No vas a recoger el Agua de la Vida?

Gonzalo la señaló con un dedo.

—Exacto.

—¡Pero vinimos hasta acá para eso, justamente! ¡No me voy a ir sin el agua!

Gonzalo buscó en las alforjas del purasangre, desmontó una vez más y estiró su brazo para alcanzarle una cantimplora.

—Buena suerte, te espero en el Hotel In Memóriam, muchas gracias por todo.

Remedios no hizo ademán de tomar la cantimplora.

—Gonzalo, estoy segura de que puedes derrotar a la vaca.

—¿Yo?

—Sí, tú.

Gonzalo se echó a reír. No fue una risa común, sino una verdadera carcajada. El Sorteado se agarró la barriga con ambas manos y se dobló en dos.

Luego, en un instante, se la cortó y miró a Remedios a los ojos. La joven tenía los brazos cruzados y tamborileaba los dedos sobre los codos.

—Creo que tienes el caletre más entreverado que el mío —le dijo Gonzalo—. ¿Acaso no viste esa cosa blanca de ahí atrás? Ir allí es... es... —levantó el mentón— imprudente.

Remedios sonrió.

—Yo te tengo fe.

Gonzalo parpadeó.

—¿Acaso no ves las nubes? —le dijo señalando el firmamento—. Es una mala señal. ¡Voy a terminar hecho confite para vaca!

—Yo creo que no. ¡No te entiendo! ¡¿No dices que hay que ser positivo?! ¡¿Dónde está tu optimismo?!

—Ocupado.

—Bueno, desocúpalo.

Gonzalo resopló, agotado, y decidió continuar su camino, o mejor dicho, desandar su camino. Le dejó algunos huevos duros, galletas, una manzana, agua fresca, la cantimplora para el Agua de la Vida, todo en el suelo, y se subió al caballo, dispuesto a emprender el retorno. Iba a arrancar cuando Remedios lo volvió a interrumpir.

—¿Te vas a devolver así como así? ¿No vas a salvar a la princesa Berenice?

Gonzalo se detuvo a meditar un segundo.

—¿A quién?

—A la princesa Berenice.

—¿Estoy haciendo todo esto por la princesa esa?

—Y... sí.

Gonzalo recordó los insultos de Berenice, sus golpes cuando nadie la veía, la manera que tenía de tratarlo y comenzó a golpearse la cabeza con las palmas de las manos, repetidamente.

—Gonzalo, Gonzalo. ¡Cálmate! ¿Qué haces?

El Sorteado dejó de golpearse y levantó la vista al cielo.

—¡Qué imbécil! Enfrentar a la vaca feroz por la princesa. ¡Qué idiota! —Suspiró y miró a Remedios—. En fin, hora de irse. ¿Vienes?

—No.

—Bueno, hasta luego, hasta la vista, nos vemos, hasta siempre, chao, que te vaya bien.

Hizo avanzar su purasangre un par de pasos más y Remedios lo volvió a detener.

—¡¿Puedes dejar de frenarme a cada rato?! —explotó Gonzalo.

—El punto no es Berenice...

—Por mí puede quedarse como está, así, amonigotada. Es un bien para la humanidad.

—No vas a poder volver a la ciudad.

—¿Y qué? Debe haber otras mil ciudades. Solo tengo que buscarlas.

—¿Y la gloria? ¿Vas a quedarte sin gloria?

—Mejor sin gloria que sin vida.

Remedios no supo bien qué responder a eso, ya que resultaba evidente que Gonzalo tenía razón. De modo que, tras una sonrisa, el Sorteado liberó las riendas de las manos de Remedios y así, se liberó de ella. Avanzó unos pasos con su caballo y se puso a silbar.

—Muy bien —dijo Remedios con sencillez—, entonces voy a ser yo la que vaya a buscar el agua.

Gonzalo se detuvo una vez más y permaneció inmóvil. Remedios observó su espalda, vio cómo se inflaba y luego se escuchaba un sonoro suspiro. Gonzalo se giró hacia ella. Se notaba en su rostro que, de repente, no le gustaba tanto que Remedios se quedara.

En realidad, siempre había pensado que ella se iría con él. Era imposible que alguien quisiera quedarse allí. Y a solas, además.

—¿Cómo? —le preguntó.

—Lo que escuchaste —respondió Remedios.

—Creí que el que se había golpeado la cabeza al nacer era yo.

Remedios tomó la cantimplora del suelo.

—Mañana al amanecer, voy a llenar esto con Agua de la Vida.

—¡Estás loca! ¡Vas a ser el desayuno de la vaca!

—Entonces espero indigestarla.

—No voy a ayudarte.

—No te pedí que me ayudaras. Anda yendo nomás, no tienes por qué quedarte.

Gonzalo se cruzó de brazos al tiempo que trataba de pensar qué responder. Hizo fuerza para que le viniese un pensamiento inteligente, pero no vino ninguno.

—Como dijiste —culminó Remedios—, hasta luego, chao... y todo lo otro. Anda, nomás. Yo voy a preparar mi campamento.

Sin más que agregar, se puso a hacer los preparativos para pasar la noche. Gonzalo continuó haciendo fuerza para que le viniese un pensamiento inteligente, uno que cambiase la ridícula decisión de Remedios, pero no le vino ni una palabra.

—Bueno —dijo al ver que ella lo ignoraba—, todo el mundo tiene derecho a morir en el estómago de quien más le guste.

Giró su caballo y reemprendió su camino de retorno.

—Y a dejar que los demás le manejen la vida —replicó Remedios—. Que le digan dónde puede vivir y dónde no. Que te manejen como si fueras una marioneta. ¡No veo cómo vas a torcer tu destino si no muestras lo que vales!

Ahí sí, el Sorteado se detuvo un instante, parpadeó y, una vez más, se giró hacia su compañera de viaje.

—¿Todavía estás acá? —le preguntó ella mientras acomodaba sus cosas para pasar la noche—. Pensé que ya te habías ido.

Gonzalo refunfuñó, hizo girar su caballo y esta vez ni Remedios ni él mismo lo detuvieron.

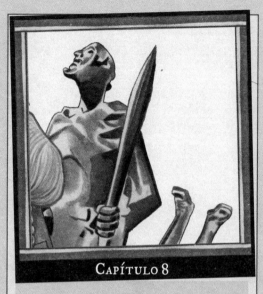

CAPÍTULO 8

En el Jardín de las Estatuas

Esa fue una noche fría, con nubes dino-

saurio que cruzaban el firmamento y tapaban las estrellas. Un viento gélido agitó ocasionalmente las copas de algunos árboles cercanos y el pasto que crecía en la tierra, justo antes del desierto de los huesos. La Luna fue apenas una lasca diminuta que proporcionó, cuando las nubes la dejaron, una luz cadavérica y moribunda.

A la mañana, Remedios se despertó con hambre, comió algunos huevos con galletas y guardó la manzana, para disfrutarla después de tener el agua y estar de vuelta en el bosque. A la distancia se divisaban algunos durazneros y unas pocas higueras rebosando de fruta jugosa. El estómago le gorjeó pero no hizo caso y, afe-

125

rrando la cantimplora, se dirigió con paso firme hacia el desierto.

Antes de penetrar en él, miró hacia ambos lados, para no llevarse ninguna sorpresa desagradable. Una vez que estuviera allí, no tendría dónde ocultarse y, para peor, resaltaría como frutilla en chantillí.

No vio nada y avanzó un par de pasos. Los huesos bajo ella crujieron y unos pocos estallaron como ramas secas. Se hundió un poco y cada vez que intentaba dar el siguiente paso, se enterraba más en esos palos blancos a punto de convertirse en polvo.

Notó, con cierta alarma, que su corazón era un tambor y miró una vez más hacia ambos lados. La ponía nerviosa hacer ruido cada vez que daba un paso. Tendría que dar muchos antes de llegar hasta la fuente, es decir que haría mucho ruido.

Pero bueno, no había otro camino, y hacia allá fue Remedios, metro tras metro, acompañada por los *crac* que hacían los huesos al partirse y caminando en arenas movedizas hechas de osamentas.

Miró el cielo y vio cómo las oscuras nubes del día anterior seguían allí presentes, ocultando el celeste. Ansió que Gonzalo estuviera equivocado y no fueran de mal agüero, pero sobre todo ansió que la vaca feroz fuera apenas un cuento para que nadie se atreviera a venir hasta la fuente.

El desierto no terminaba. Allá delante había una gran cantidad de huesos apilados, algo así como una duna de huesos y, a lo lejos, en la distancia, algo indefinible, de color gris.

Remedios se negó a mirar hacia atrás. Tenía que llegar y siguió sin pensar en nada, anhelando verse rodeada solamente por el blanco de los restos de esqueleto y no por alguna vaca.

* * *

Esa mañana, al despertar, lo único que rodeaba a Lelio era su propia valija en el suelo. Y, de hecho, ni siquiera lo rodeaba. Apenas se interponía en su paso. El encargado del Hotel In Memóriam se preguntó qué hacía todavía en su hotel cuando había decidido irse de vacaciones. ¿Acaso después de la increíble cantidad de trabajo de la temporada no había decidido darse un merecido descanso? ¿Acaso estaba tan mal de la memoria que había planificado sus vacaciones pero había olvidado tomárselas?

Unos rayos rojizos penetraban por las rendijas que había entre las maderas que tapiaban la ventana de su dormitorio. La mañana apenas comenzaba, así que Lelio no se hizo esperar. Se levantó de un salto, enojado consigo mismo por dejar que, tal como le había afirmado don Cataclismo, lo hubiera invadido la falta de memoria.

Después de dedicarse toda clase de improperios, salió como una tromba hacia la puerta, cerró con llave y se fue de vacaciones de una buena vez. Esa sería la última vez que vería el hotel en pie, aunque fuera precariamente. Pero eso es otra parte de la historia. No nos adelantemos.

* * *

Remedios decidió no adelantarse y miró, incrédula, lo que tenía ante sí: varias estatuas de personas con raídas ropas encima. De hecho, de la gran mayoría quedaban apenas unos harapos. Más que estatuas, parecían unos inusuales espantapájaros. Eran increíblemente realistas, de una piedra gris, lisa y brillante que semejaba ser oro, solo que de color plomizo.

Remedios no pudo soportar la tentación y estiró el índice de su mano izquierda hacia la frente de la estatua de un hombre de unos cuarenta años. El dedo se deslizó sin problemas encima de la frente, casi resbaló, de tan liso que era el metal. Eso sí, era frío, como el hielo.

Retiró el dedo con prontitud. Algo de esa estatua tan acabada, tan real, ponía nerviosa a Remedios. Sin embargo, no era esa precisión en los rasgos y detalles lo que más le llamaba la atención, sino el hecho de que varias estatuas estuvieran patas arriba, enterradas de cabeza en la maraña de huesos.

Para eso no tenía respuestas.

Sí las tenía respecto al lugar donde se encontraba.

"Estoy en el Jardín de las Estatuas", pensó con asombro.

Era cierto. Había allí cientos de maniquíes de piedra, todos tallados con un detalle tan minucioso que parecían haber sido hechos de personas reales. Entre las destrozadas ropas, escasos jirones en muchos casos, se distinguían granos, cicatrices, barbas de un par de días, hasta se veía mugre en el pelo de algunos. Era increíble.

Remedios perdió la noción del tiempo y olvidó el miedo que tuvo al cruzar el desierto, lo que no era una buena idea, ya que la vaca podía aparecer en cualquier momento: cuando se cruzaba el Desierto de los Huesos o mientras se recorría el Jardín de las Estatuas. Pero la muchacha dejó a un lado cualquier precaución, se puso a recorrer el lugar y a extasiarse con las muchas estatuas que había allí, observando los rictus en las caras, algunos de felicidad y otros de puro pavor. Se preguntó de dónde saldría esa piedra gris brillante.

Hasta que escuchó un *crac*.

Remedios se detuvo al instante, con el corazón repicándole nuevamente en el pecho. No se atrevió a moverse, apenas a tragar una saliva espesa que de pronto le llenaba la boca. Hizo un esfuerzo supremo y, respirando por la boca, miró hacia un lado. Luego al otro. Luego hacia atrás y hacia delante. No se había dado cuenta de cuánto se había internado en el jardín. Estaba rodeada de estatuas, casi sumergida en ellas.

Entonces, una se movió.

* * *

Abilio fue el primero en moverse. Ya estaba bastante avanzada la mañana y les dio un par de patadas a Oliverio y Augusto, para que se levantaran.

—Arriba —les dijo, sin mucho miramiento.

Sus dos ayudantes, y él mismo, tenían un pésimo humor, no solo por tener que levantarse más temprano de lo que naturalmente lo hacían, sino porque, además, no habían dormido en las sábanas de seda que acostumbraban ni los esperaba un desayuno en bandeja de plata. Los músculos les dolían y, por si fuera poco, sus cuerpos apestaban con un fuerte olor parecido a cebolla.

—¡Creo que tengo piojos! —gritó alarmado Augusto después de rascarse la cabeza.

Abilio le hizo un gesto para que se alejara de él y trató de mantener la calma. Cuando encontrara a Gonzalo, no haría falta ninguna vaquillona para que se lo comieran. Lo devoraría él, con gusto.

—Salgamos de esta pocilga —dijo.

Sin duda lo habrían hecho, de no ser por la bendita puerta. No la de su habitación, cuya entrada no era más que una abertura libre y vacía, sino por la de abajo. La puerta que comunicaba con el exterior estaba trancada.

Cuando se hallaron con esa desagradable sorpresa, no dieron crédito de lo que ocurría. Sí sabían que las ventanas estaban tapiadas (habían visto cómo el dueño clavaba la última madera) y que por ellas no saldrían, pero ni sus predicciones más pesimistas imaginaban que la puerta pudiera trancarse.

Y la verdad es que estaba bien trancada. Las veces anteriores que Lelio se había ido de vacaciones, nadie jamás se había querido quedar en su hotel sin permiso (ni con él), por tanto, no había necesidad de trancar nada. Pero estaba claro que, esta vez, había sido diferente. Presumiblemente, Lelio habría decidido que, después de todo, su hotel tenía potencial y más valía dejarlo resguardado.

—¿Dónde está el encargado ese? —preguntó Abilio con furia, después de tironear inútilmente un par de veces.

—No aparece por ningún lado —respondió Oliverio, que venía de la habitación del fondo.

Abilio apretó los dientes. Poco a poco comenzaba a tener un salvaje deseo de devorar a mucha más gente que Gonzalo.

—¿Cómo, no aparece por ningún lado?

—No está.

El bello joven respiró hondo, porque verdaderamente no creía lo que estaba a punto de decir. Era imposible que alguien le hiciera algo semejante a él, un hijo de ministro, un destinado a rey. Hizo ondear su fina cabellera, para quedar pulcramente peinado.

—¿Qué? —dijo, con dulzura—. ¿Se fue y nos dejó encerrados?

Oliverio se alzó de hombros.

—Parece.

Abilio pateó la puerta y un latigazo de dolor le subió desde la punta del pie hasta la cintura. Sofocó un grito para no quedar en ridículo delante de sus compinches y apretó los dientes.

—Tenemos que encontrarlo —masculló.

—No está.

—Entonces tenemos que salir de acá.

Con desesperación, golpeó la puerta con su hombro. Sin embargo, por más que el hotel pareciera a un tris del derrumbe, la puerta era la parte más sólida y terca; no cedió ni un centímetro.

Segundo tras segundo más iracundo, Abilio arremetió una vez más, como si fuera a terminarse el mundo. Al instante vinieron los otros en su ayuda. Aporrearon la puerta sincronizadamente, todos juntos, pero la madera resistió y no pudieron abrirla.

—¡No puede ser! —casi sollozó Oliverio—. ¡No se abre!

—Claro que se va a abrir —respondió Abilio, mientras continuaba embistiendo.

Lo que ninguno de los tres veía, por estar tan concentrados con la puerta, era que todas las paredes del hotel se sacudían. Que ante cada arremetida contra la puerta, la apolillada estructura del hotel se estremecía, las maderas roídas dejaban escapar suaves quejidos y motas de polvo caían al suelo.

La edificación no estaba como para que anduvieran zangoloteándola, así que no pasó demasiado tiempo antes de que escucharan un crujido terrible sobre el fondo del hotel. Los tres se dieron vuelta al mismo tiempo y pronto una sonrisa se dibujó en sus rostros, al mismo tiempo también.

Una grieta horizontal recorría la pared trasera. Pronto, con un gran estruendo, la pared se partió en dos y comenzó a desplomarse. En su camino, destrozó un tabique que separaba la habitación de Lelio del corredor principal y finalmente cayó al suelo. El estruendo fue ensordecedor, la vibración del suelo atemorizante. El polvo que flotó en el aire se convirtió en una verdadera nube, pero lo importante era que ahora había allí, al fondo, un espacio amplio abierto. Una salida. Vieron el cielo encapotado, los eucaliptos y pinos: el ansiado exterior esperando por ellos tres.

—¡Derrotamos a la puerta! —festejó Oliverio.

—¡Tenemos que salir por atrás! —saltó Augusto.

El que no dijo nada fue Abilio que, sin malgastar tiempo, se puso a correr rumbo a la parte trasera del hotel. Sus amigos lo siguieron al instante. Al fin y al cabo, él era el líder. Sin embargo, ese fue el movimiento fatal.

Es que, a partir de ahí, todo fue como un enorme castillo de naipes: la viga central se quebró, una cosa cayó sobre otra hasta que el lugar empezó a desmoronarse sobre sí mismo. Abilio, Oliverio y Augusto lo comprendieron, pero en ese momento estaban a mitad de camino, justo en el centro del hotel. Se detuvieron y tuvieron, quizá, un par de segundos para parpadear con asombro.

Luego, al ver que el primer piso (con el techo atrás) se les venía encima, gritaron.

* * *

Más que gritar, Remedios soltó un alarido de terror cuando la estatua se movió (caminaba, eso hacía, y hasta donde Remedios sabía, las estatuas no caminan) y trató de huir en dirección opuesta. Sin embargo, sus pies se enterraron entre los huesos y cayó al suelo.

Súbitamente se vio cercada por estatuas y todas parecieron venírsele encima. Se levantó, magullada por algunas costillas y tibias que había tiradas, y trató de escapar, mirando hacia atrás, para ver dónde estaba la estatua que caminaba. No la vio, como tampoco vio otra que se llevó por delante. Del golpe, tanto ella como la figura de gris, terminaron en el suelo.

Lo de Remedios se resolvió fácil, con un magullón más en un codo, pero la estatua tocó otra, que a su vez empujó a una más, que chocó con una tercera y cuando Remedios quiso pensar, fue como un efecto dominó y decenas de estatuas chocaban entre sí y daban con sus grises caras contra los blancos huesos.

Los *plong* de las estatuas se multiplicaron hasta formar un único sonido que no hacía más que aumentar. Remedios dejó escapar un grito y estuvo convencida de que el fin de sus días acababa de llegar, cuando sintió dos manos encima de ella. ¡Era la estatua que había visto caminar! ¡Iba a morir a manos de un espantapájaros metálico!

Con esos pensamientos llenándole la cabeza, se dio vuelta, para al menos morir a grito pelado, pero descubrió algo que dejó su grito pelado a medio camino de su garganta. Ese algo era una cara, una bastante familiar.

—¿Gonzalo?

—¿Por qué estás gritando así?

Afortunadamente, esas dos manos la sostenían de los omóplatos, de lo contrario, Remedios se habría desmayado ahí mismo.

—¿Qué haces aquí? —le preguntó ella.

El bochinche de las estatuas cesó como por arte de magia. Las estatuas dejaron de caer. Gonzalo se alzó de hombros.

—No iba a dejarte sola.

Remedios sintió que un río de alegría llenaba su corazón, un río ardiente, de lava pura.

—¡Viniste a salvarme! ¡Qué héroe! ¡Mi héroe!

Y tras esa tercera frase, allí nomás le estampó un beso apasionado sobre los labios, le pasó las manos a ambos lados del cuello y las enlazó.

Una vez más, Remedios perdió la noción del tiempo (y en este caso, hasta del lugar) y pareció flotar por el celeste firmamento, que no tenía arriba ni abajo, fin ni comienzo, donde todo permanecía eterno. Cuando abrió los ojos se encontró con los de Gonzalo, redondos como platos.

Tras un instante de duda, despegó sus labios de los de él y también retiró sus brazos. Se alisó la ropa al tiempo que se aclaraba la garganta.

—¿Estás segura de que estás bien? —le preguntó Gonzalo.

—Sí, sí. Perfecta.

—¿Segura? Porque estás medio rara.

—Es que... la emoción de que hayas vuelto... de que estés bien, quiero decir... Creo que el golpe me dejó un poco mareada.

—¿Estás como para seguir?

—Claro. Seguro. Gracias. Por preocuparte, quiero decir. Pero estoy bien, ¿eh? Sin problemas. Bien. Bien, bien. —Suspiró, buscando algo que decir—. ¿Y el caballo?

—Lo dejé allá atrás —respondió Gonzalo, señalando hacia su espalda con el pulgar—, atado a un árbol.

—Ah.

Gonzalo sonrió un poco y Remedios se quedó mirándolo. Respiró hondo por un segundo y luego le preguntó (tenía que saber la respuesta):

—¿Por qué decidiste volver?

—Tenías razón. Tengo que torcer mi destino, es eso —levantó la cabeza y su frente quedó despejada, amplia—. Tengo que dejar de ser una marioneta del destino. Un churrasco cualquiera, por más feroz que sea, no me va a andar frenando.

Gonzalo sonrió y Remedios no pudo más que hacer lo mismo. Le pareció que era increíblemente fácil estar feliz y contenta.

—Bueno, ¿vamos a buscar el agua esa, así nos vamos cuanto antes? —dijo él.

—Claro, claro.

—Dame la mochila, que te la llevo yo.

—Gracias.

* * *

—¿Viste la duna de ahí atrás? —preguntó Gonzalo.

Seguían avanzando por el Jardín de las Estatuas rumbo a su centro donde, supuestamente, estaba la Fuente de la Juventud Eterna.

—Sí —dijo Remedios, sin prestar mucha atención. Aún tenía la mente un poco entreverada y le costaba seguir el hilo.

—Una duna de huesos —sacudió la cabeza Gonzalo—. Una duna. Es increíble la cantidad de gente que se comió esa vaca.

—Uf, sí.

—Además, ¿de dónde habrán salido esas estatuas? —preguntó Gonzalo.

Eran muchas, muchísimas. Pero entre ellas, más adelante, ya veían un chorro de agua brillante que saltaba hacia el cielo, a unos doscientos metros de distancia. Esa tenía que ser la fuente.

—¿Cómo? ¿Qué dijiste? —dijo Remedios, como volviendo de profundos pensamientos.

—Que de dónde habrán salido esas estatuas.

—Ah.

Más que preguntarse de dónde venían las estatuas, cosa que la tenía sin cuidado, Remedios se preguntaba de dónde había salido ese río de lava que ardió en su pecho cuando vio a Gonzalo minutos atrás. Eso sí que había sido una sorpresa.

—Ni idea —respondió.

—Llama la atención, ¿no?

—¿Qué cosa?

Gonzalo la miró con el ceño fruncido. Remedios estaba más rara que nunca.

—¿De qué estamos hablando? —le dijo él, poniéndose las manos en la cintura—. De las estatuas.

—Ah.

—Pareces yo.

Remedios echó un imperceptible suspiro al aire. Gonzalo sacudió la cabeza.

—Tienes que comer algo —le dijo—. El hambre te está afectando la mente.

Remedios asintió, algo ida.

—Mmm...

Ya la fuente estaba más cerca y se oía el cuchicheo del agua. Gonzalo volvió a mirar en derredor para asegurarse de que la vaca no estuviera oculta detrás de ninguna estatua.

—Qué raro que la vaca no apareció, ¿no?

—Mmm... No. ¿Qué me preguntaste?

—La vaca. Va-ca fe-roz. ¿Acaso no sabes dónde estamos?

Remedios miró a Gonzalo y volvió a echar un leve suspiro al aire.

—Por supuesto...

—Bueno, menos mal. —Gonzalo resopló y miró alrededor—. Todas estas estatuas me ponen nervioso, de algún lado tienen que haber salido.

Entonces llegaron hasta la fuente. No era muy grande, apenas un estanque de forma circular, con no mucho más de tres metros de diámetro y cincuenta centímetros de alto. Y desde el centro, un brazo de agua tan azul como un cielo de verano, subía cuatro metros hacia el firmamento, lanzando destellos para luego caer en el estanque. Sobre los bordes se veía una costra verde y el agua que lo sobrepasaba constantemente goteaba hacia el suelo, escurriéndose entre los huesos.

—¿Esto es la Fuente de la Juventud Eterna? —dijo Gonzalo, decepcionado—. ¡Qué birria!

—¡Mira! —exclamó Remedios—. ¡Tiene un cartel!

Era cierto. Sobre un costado, se veía un palo de unos dos metros con un cartel clavado. Los dos caminaron hasta allí, para leer lo que decía. La madera del cartel estaba levemente estriada y decolorada, pero era suave al tacto.

—A ver qué dice —dijo Gonzalo y se pusieron a leer.

Aquí yace la Fuente de la Juventud Eterna,
útil para toda criatura sana o enferma.
La Fuente es para todos,
siempre estará aquí, de todos modos,
para alimentar la bondad que yace en el corazón,
y envenenar la injustificada ambición.
Por tanto, para aquellos de alma rapaz
llegue una advertencia más:
dejen la codicia de lado,
que el momento más inesperado puede resultar envenenado,
y desde luego, no traten de hacer su juego,
porque no hay nada más feo
que confundir la necesidad con el deseo.

—Qué cosa más rara —murmuró Gonzalo cuando terminó de leer. Arrugaba el entrecejo y se rascaba la punta de la nariz.

—Parece un poema —se alzó de hombros Remedios.

Gonzalo lo releyó.

—Huy, no. ¡De trece versos! ¡Ese número me persigue! ¡No me deja en paz!

—Bueno, no te pongas paranoico. ¡Vamos a pedir un deseo! —dijo con una sonrisa Remedios—. ¿Tienes una moneda?

—¿Un deseo? ¿Acaso no leíste eso que dice de... eso? —culminó Gonzalo señalando el cartel.

—¿Eso, qué?

—¡Lo de no confundir la necesidad con los deseos!

—Justamente —Remedios sonrió con más amplitud—. No estoy confundida. Quiero pedir un deseo, no una necesidad.

Gonzalo sacudió la cabeza. "Este desierto, sin duda, le está afectando la mente a esta chiquilina", se dijo.

—Dame la cantimplora que tenemos que llenarla para largarnos de aquí —replicó Gonzalo, con la boca arrugada—. Ese es mi deseo.

—Ah, no seas aburrido.

—¿Aburrido? ¿Crees que vine hasta acá para divertirme?

—Daaaaaaaaale.

Gonzalo resopló, le dio una moneda de plata y ella le alcanzó la cantimplora. Mientras Gonzalo se inclinaba sobre la superficie azul del estanque para cargar el agua, Remedios se paró de espaldas a la fuente y cerró los ojos.

Pasaron un par de segundos, durante los que Gonzalo miró de reojo a las figuras metálicas y su ropa hecha jirones.

—¡Estas estatuas son un enigma...! —dijo.

—¡Silencio! —lo calló Remedios—. Estoy pidiendo mi deseo.

—¡Es que son como un acertijo! ¿Por qué están aquí? ¿Por qué son tantas? ¿De dónde vienen? ¿De dónde sale esa piedra gris? ¿Y por qué llevan esa ropa? ¿Quién las hizo? ¿Cómo...?

—¡Ya está!

Remedios tiró su moneda hacia atrás, golpeó en la frente de Gonzalo (que dejó escapar un ¡ay!) y cayó en la fuente. El disco plateado brilló en la masa líquida y se hundió girando, girando, hasta desaparecer.

—Me parece que esta fuente no tiene fondo —dijo Gonzalo.

La cantimplora se llenó y Gonzalo la cerró.

—Bueno, ¿y ahora qué hacemos? —preguntó Remedios.

—¿Qué hacemos? Irnos antes de que venga la vaca, eso hacemos.

—¡Tengo una idea! ¿Por qué no tomamos un poco de agua?

—¿Para qué? No tengo sed.

—Ah. Yo tampoco. Pero a lo mejor que nos hace inmortales... —sonrió—. Así no tendríamos nada qué temer a la vaca...

—Si la vaca nos revienta, nos revienta. Si entendí bien, lo único que hace la fuente es darte juventud eterna. Ahora, si te revientan, te revientan y chao, no importa si eres joven o viejo.

—Tienes razón.

Gonzalo cerró la cantimplora sin beber ni un solo trago y comenzaron su caminata de regreso por el jardín, llegaron hasta el final y se detuvieron antes de salir. Las estatuas, especialmente las que aún quedaban de pie, mal que bien, les proporcionaban algo de protección porque los ocultaban. No mucho, es verdad, pero algo era algo.

Miraron con cuidado hacia ambos lados. La blanca superficie se abría ante ellos sin secretos, plana a no ser por la duna. El cielo estaba tan nublado que se confundía con los límites del Desierto de los Huesos.

—No hay señales de la vaca —dijo Remedios.

—A lo mejor no existe... —concluyó Gonzalo.

Entonces oyeron el primer mugido, que cruzó el aire como una flecha e hizo temblar el suelo.

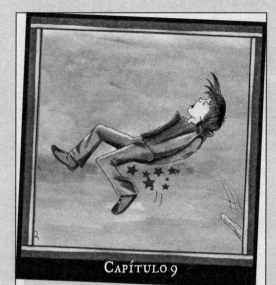

CAPÍTULO 9

Una vaca feroz

Entre un sinfín de madera que caía sobre

madera, terminó finalmente el derrumbe del Hotel In Memóriam, se asentó el polvo y pudo verse lo que había quedado del establecimiento: unos listones rotos, pedazos de vigas y restos de madera. Tablas y palos, eso es todo lo que quedaba, junto a una parte del techo que aún era sostenida por un par de vigas.

Tres cotorras volaron asustadas de un pino cercano y luego hubo silencio. Lo único que se movía, con lentitud exasperante, era el polvo esparciéndose. Sin embargo, después de unos segundos, se escucharon unos pocos quejidos humanos.

—¡Augusto! ¡Oliverio! —exclamó una voz—. ¿Están ahí?

—¡Acá estoy, Abilio! —respondió otra voz.

—¿Quién es?

—Augusto.

—¿Y Oliverio?

—¡Presente! —agregó otra voz.

—¡¿Me pueden ver?! —gritó la voz que había hablado primero.

—¡Yo no veo nada, Abilio!

—¡¿Quién habló?!

—¡Oliverio!

—¿Dónde estamos?

—En el hotel, Abilio.

—¡¿En qué parte del hotel?!

—Creo que el sótano —respondió una voz.

—Cuando cayó la viga central —respondió otra voz—, partió las escaleras y ahí yo me resbalé para abajo. Los tablones del suelo fueron como un tobogán para ahí dentro. Ah, de paso, habla Augusto.

Alguien soltó un resoplido, como si bufase de mal humor.

—No debe ser demasiado grande, Abilio. El sótano, digo.

—¿Por?

—Las maderas más largas y pesadas no cayeron dentro, sino que se apilaron unas sobre otras. ¡Por eso nos salvamos!

—¿Están bien los dos?

—Yo sí.

—Yo no. ¡Creo que hay un cadáver en este lugar! —aulló de terror otra voz—. ¡Estoy tocando un pie!

—¡Es el mío, estúpido!

—Ah, perdón, perdón. Fue sin querer, Abilio.

—No importa. ¿Alguno ve una salida o algo así?

—Me parece que acá hay una. Veo algo de luz.

—Muy bien, Oliverio. Trata de salir.

—Espera un poquito que aparte esta cosa...

Se oyeron un par de golpes y empujones.

—¡Ahí está! —festejó la última voz.

Las otras dos voces se iban a unir a la celebración cuando el resto del techo que todavía era sostenido por el par de vigas, se desplomó también, con un crujido sordo.

—Ups.

—¡¿Qué pasó?!

—Tengo la impresión de que toqué una madera que no tenía que tocar.

—No lo puedo creer —murmuró una de las voces—. Estoy rodeado de ineptos.

—¿Qué? ¡No se oye nada!

—¡Que me rodean los ineptos!

—Ah. ¿Qué quiere decir "ineptos"?

—Nada. No importa.

—¡¿Qué?! ¡Con tanta madera no se oye!

—¡Que no importa!

—Bueno. Como digas.

Volvió el silencio. Tal como había prometido Abilio apenas vio el Hotel In Memóriam, lo habían tirado abajo. Literalmente. Quizá el plan no incluía estar dentro en el momento de hacerlo, claro, pero ahora ya era demasiado tarde, estaban completamente enterrados en una montaña de madera. El lugar era una enorme tumba.

* * *

Todo quedó más silencioso que una tumba después del mugido de guerra que les transformó la sangre en cubitos de hielo. Gonzalo y Remedios miraron hacia ambos lados, pero lo único que allí había era el desierto.

—¿Ves algo? —murmuró Remedios.

—Sí —respondió Gonzalo—. Huesos.

Entonces tronó otro mugido y trepidaron los húmeros y peronés sobre los que estaban parados. Era un sonido casi material, un terremoto que sacudía el aire y el suelo.

Gonzalo sacó el garrote que llevaba colgado y lo sostuvo con sus dos manos, tan firmemente como pudo, pero como temblaba de pies a cabeza, el adminículo se sacudía en movimientos espasmódicos.

—¿Estás bien? —le preguntó Remedios, dándose cuenta de que ella no había traído arma alguna.

—Cla-claro. ¿P-por q-qué?

Gonzalo trató de descubrir al monstruo mugidor pero, a la vista, no había más que huesos y más huesos. Ya suficiente presión era tener que luchar con una bestia mortífera como la vaca como para que, además de feroz, fuera invisible. Gonzalo tuvo la certeza de que no abandonarían ese desierto, sino que más bien lo engrosarían con sus propios esqueletos.

Fue entonces cuando el desierto explotó. Es decir, parte de él explotó. Más específicamente, la duna que tenían a la derecha. Saltaron por el aire clavículas y omóplatos, caderas y maxilares, costillas y cráneos. Antes de que Gonzalo o Remedios pudieran pensar qué demonios ocurría, una lluvia de huesos se les vino encima, golpeándolos en los brazos y la nuca mientras se cubrían.

Detrás de todos esos restos de osamenta, súbitamente disparados hacia el firmamento, se elevó por el aire una figura imprecisa. Gonzalo y Remedios no la vieron enseguida, porque estaban ocupados en protegerse de los huesos que, transformados en lanzas y piedras blancas, se abatían sobre ellos.

Cuando se animaron a abrir los ojos, miraron hacia el suelo y allí vieron una sombra, una mancha de forma irregular y bordes inciertos que se recortaba contra los pedazos de esqueleto. En ese primer instante, no la asociaron con algo que se hallaba arriba. Sin embargo, así era: la sombra venía desde encima de ellos.

Levantaron la mirada y en ese instante un ser cayó, levantando una corriente de aire reseco por el sol y destrozando huesos con sus garras.

—¡La vaca! —gritó Remedios.

—¡Aaahhh! —aulló Gonzalo.

—¡Estaba escondida debajo de los huesos!

—¡Aaahhh!

—¡Era la duna!

—¡Aaaaaaaahhhh!

La vaca feroz había aterrizado a unos veinte metros de ellos, después de haberse elevado otros tantos por el aire. De raza frisona, con manchas negras sobre cuero blanco, era enorme, el doble de una vaca común. Tenía la boca gigantesca, con dientes filosos, similar a una trampa para osos, por ello daba la impresión de que sonreía cruelmente todo el tiempo.

Sus patas musculosas terminaban en garras que podían apresar un cráneo con facilidad y reventarlo como un huevito de codorniz. Su cuerpo era macizo, gordo y rechoncho, pero a Gonzalo no lo engañaba, ya la había visto saltar y caer como si fuera una leona: la vaca feroz era rápida y ágil, pesaría toneladas quizá, pero se movía con la ligereza de un gato montés.

Su cabeza se había agrandado de alguna manera, tenía un aspecto grotesco y unos cuernos ridículamente pequeñitos, de puntas romas. Pero lo peor eran sus ojos. Grandes, semejantes a los de una cobra, solo que verdes, eran más avezados que lo normal y poseían un destello asesino que cortaba la respiración.

"Es una vaca mutante", pensó Gonzalo, presa del pánico.

La vaca feroz sacudió la cabeza delante de ellos, zarandeando también la grasa y la vasta masa muscular que tenía en el cuello. Bajó la mirada como si fuera a jugar, a pesar de que no habría juegos, al menos no para Gonzalo y Remedios. Para la vaca feroz, jugar era arrancarles las piernas a sus víctimas y comerlas vivas (a las víctimas y a las piernas).

—¡¿Qué hacemos?! —preguntó Remedios.

Y como no le llegó la respuesta, se volvió hacia su costado. Pero allí no había nadie. Gonzalo ya huía hacia el interior del Jardín de las Estatuas, buscando su protección. Apenas se veía su espalda.

Remedios no demoró en imitarlo, arrepentida de no haber iniciado la carrera antes. Tan pronto como los vio correr, la vaca soltó un temible mugido que vibró en el desierto y, de un único, experto salto, cubrió los veinte metros que la separaban del comienzo (o final, según se viese) del Jardín de las Estatuas.

Una vez allí, volvió a mugir y Remedios escuchó por sobre el trueno vacuno un agudo aullido de terror proferido por Gonzalo, mientras movía las piernas tan rápido como podía.

Cuando terminó de mugir, la vaca se largó a golpear las estatuas con movimientos veloces y frenéticos de sus cuernos. Así se abría camino. Avanzaba rápidamente un par de pasos y hacía volar una estatua, lanzándola como si fuera una piedrita. Las estatuas surcaban el aire y caían enterradas de cabeza contra los huesos que había en el suelo.

"Ahora además de la lluvia anterior de huesos, llueven estatuas", pensó Gonzalo tras echar una ojeada hacia atrás. Si alguna los llegaba a golpear, no habría que sepultarlos en ningún lugar, porque automáticamente quedarían aplastados y varios metros bajo tierra, todo en un solo movimiento.

—¡Gonzalo, tenemos que hacer algo! —gritó Remedios.

—¡Estoy haciendo algo! ¡Estoy huyendo!

El Sorteado escuchó un grito de miedo y a pesar suyo, diciéndose que era una mala idea, miró hacia atrás. Remedios había tropezado y la vaca venía tras ella, como una tromba, arrojando estatuas hacia el cielo. Remedios trató de incorporarse y avanzar, pero se resbaló con los huesos.

Gonzalo observó con horror cómo la vaca sonreía de felicidad y de un elástico brinco quedaba a centímetros de Remedios. La muchacha, sintiendo el golpe en el suelo detrás de ella, se volvió y se halló de frente con los filosos colmillos de quien antes habría sido solo ganado.

Entonces algo invadió el corazón de Gonzalo. Fue una especie de calor, algo raro, una furia sorda y repentina. Se detuvo y se giró hacia la vaca.

—¡Eeehhh! —le gritó.

La vaca feroz alzó unas diminutas orejas, levantó la cabeza de inmediato y clavó los ojos en él, olvidando por completo a Remedios. A Gonzalo le llamó la atención que la vaca la dejara a un lado tan rápido. Como si el grito le hubiese dado dolor de cabeza o algo.

—¿Qué pasa? ¡¿No te gusta que te griten?! —le espetó.

La vaca mostró los dientes en una mueca que habría hecho llorar a moco tendido al batallón más sanguinario de la historia de los batallones sanguinarios.

"No le gusta", pensó Gonzalo. "De veras que no le gusta que le griten".

Increíble, pero así era. Las orejas de la vaca estaban enhiestas como espinas, giraban sobre su centro un par de veces y volvían a erguirse.

"Pues si no te gusta la sopa, dos platos".

Golpeó una de las estatuas con el garrote, produciendo un desagradable ¡*plong*! y derribándola, al tiempo que soltaba un grito. Ante el sonido la vaca cerró los ojos y sacudió la cabeza, como si le viniera un mareo desagradable.

—¡Vaca de porquería! —le espetó Gonzalo—. ¡Vaca fea!

Le sacó la lengua, le hizo muecas y se puso a bailar delante de ella, burlándose. Los ojos del engendro se oscurecieron y dio un par de pasos hacia él, abandonando a Remedios y partiendo costillas mientras caminaba.

—¡Vaca mugrosa! ¡Vaca... —Trató de pensar otro insulto, pero ninguno le vino a la mente—. ¡Asado! ¡Molleja! ¡Morcilla! ¡Chinchulín! ¡Churrasco!

Ahí la vaca ya no aguantó más y saltó hacia Gonzalo. Mientras planeaba por el aire, abrió las patas y Gonzalo pudo ver su panza redonda y su ubre, esférica, del doble de tamaño de una pelota de fútbol.

Cuando iba a tomar tierra, pareció que terminaría cayendo sobre su panza y reduciendo varios huesos a puro polvo. Sin embargo, en el último momento, juntó sus patas y cayó parada, al lado de Gonzalo, con inefable elegancia.

Gonzalo miró sus enormes fosas nasales, esos ojos que ahora eran apenas unas delgadas puñaladas en esa cabezota peluda, y guardó silencio. La frisona movió lentamente su cabeza y su cornamenta bailó con parsimonia delante del Sorteado. Eran unos huesitos minúsculos, de morondanga.

La vaca levantó la nariz y lo olfateó, aspirando cantidades copiosas de aire, al punto que el pelo lacio y negro de Gonzalo flameó hacia el animal. Después, soltó un mugido iracundo ante la propia cara del muchacho, que notó cómo la atmósfera temblaba, se calentaba y se llenaba de olor a pasto podrido.

Sin saber qué hacía o por qué, el Sorteado levantó el pesado garrote y lo descargó cuan fuerte pudo sobre el maxilar vacuno. La vaca se calló, su cara se volvió hacia un costado y luego giró hacia Gonzalo, que le sonrió, tratando de ser lo más diplomático posible. Le hizo un gesto como para que se calmara.

—Hablando la gente se entiende...

Pero como gente no era, la frisona bajó la cabeza, flexionó las patas delanteras y, con una efectiva corneada, lo levantó varios metros por el aire.

—¡Uuuhhh! —gimió el Sorteado y el sonido de su voz fue desvaneciéndose conforme ascendía por la atmósfera.

Desde el aire, la vaca se empequeñecía dentro del Jardín de las Estatuas. Cuando dejó de subir, supo que ahora se las vería feas porque, como en todos los aspectos de la vida, el problema no era subir, sino bajar. Vio su garrote, que volaba un par de metros más abajo y luego lo vio quedar un par de metros atrás, mientras él se precipitaba hacia el suelo a mayor velocidad.

En el momento en que pensaba cuán doloroso sería clavarse los húmeros y peronés que lo esperaban, vio llegar a la vaca que, sonriendo con deleite, le encajó otra cornada y otra vez lo mandó a alturas impropias para alguien sin alas.

Así ocurrió otras dos veces, como si Gonzalo fuera un balón con el que la vaca se entretenía, y el Sorteado no tuvo parte del cuerpo que no le aullase de dolor. Sin embargo, gracias a que sus compañeros de colegio lo golpeaban de vez en cuando, su cuerpo era notablemente resistente y aún estaba de una pieza.

"¿Y *ahora cómo salgo de esta*?", pensaba mientras daba vueltas en el aire. Cuando miró hacia abajo, vio cómo la vaca se aprontaba para cornearlo de nuevo, pero se llevó una sorpresa. Remedios corría hasta la retaguardia de la bestia y en el momento en que iba a revolearlo por el aire una vez más, le dio un salvaje tirón de la cola.

La vaca se volvió y olvidó a Gonzalo, que aterrizó sobre su lomo. Al ver que el exrumiante se giraba en su dirección, Remedios emprendió una apresurada huida y la vaca se lanzó hacia ella con la boca lista para masticarla. Pero entonces, Gonzalo, en un acto reflejo, se agarró de uno de los cuernos del bicho y terminó con sus dos piernas en torno a su cuello. Aunque pareciera increíble, Gonzalo, el Sorteado, el que se le resbaló a la partera y dio su cabeza contra el suelo, estaba jineteando a la vaca feroz, ni más ni menos.

Con un furibundo mugido, la vaca comenzó a saltar y a encabritarse, para quitárselo de encima, pero Gonzalo, producto del miedo más que de otra cosa, se aferró más que nunca a los cuernos y apretó sus piernas en torno al pescuezo del animal.

—¡Ahógala, Gonzalo!

—¡Qué ahógala ni qué ahógala! ¡Sooooo-cooooorrooooo!

La vaca rebotaba como si tuviera resortes en las patas, movía la cabeza, encorvaba el lomo como un látigo y giraba en el aire tratando de liberarse de ese parásito subido en su cuello, pero no conseguía quitárselo de encima.

Remedios observó el espectáculo con fascinación por algunos segundos. El sol ascendía rumbo al mediodía y el Desierto de los Huesos parecía más desolado que nunca; sin embargo, en medio de las estatuas caídas, Gonzalo estaba allí, dando aún batalla.

—¡Haaaazzz aaaaalgooooo! —le llegó la voz de su compañero.

Remedios volvió de su ensoñación y pensó qué cuernos podía hacer, pero entonces la vaca saltó, se sacudió como un perro cuando se quiere quitar el agua de encima y allá salió disparado Gonzalo, a baja altura, cruzando el aire reseco del desierto una vez más, hasta dar con su maltrecha naturaleza en el suelo.

Allí quedó, quieto, dejando escapar un quejido, aún entero, machucado pero vivo. La vaca descendió y transformó un par de costillares en polvo. Gonzalo pudo ver, entre el agotamiento y el mareo, los ojos verdes refulgiendo de alegría.

Se giró y quedó boca arriba, respirando hondo antes de volver a levantarse para decidir dónde ocultarse o cómo huir, pero ahora le faltaba aire en los pulmones. Entonces vio algo que no esperaba. La vaca había brincado una vez más y estiraba sus patas hasta parecer una nube más.

Ahora bien, de nube la vaca no tenía mucho, especialmente en términos de peso. Por eso, a Gonzalo, que la veía desde abajo, más que nube, le pareció que una montaña se le venía en picada.

—¡Aaaaaaaaahhhh! —aulló Gonzalo, pero un *umpf* interrumpió su grito cuando la vaca aterrizó sobre él, aplastándolo con su vientre morrocotudo.

Afortunadamente, el suelo de huesos cedió y Gonzalo no quedó transformado allí mismo en una feta de jamón. Pero aun así, su situación distaba de ser propicia. Se ahogaba y no podía respirar.

A unos metros, Remedios lo vio desaparecer debajo del cuerpazo blanquinegro y sintió que le desgarraban el corazón en dos. "No se le ven ni siquiera la punta de los pies o las manos", pensó. Le vino un ataque de histeria y simplemente por no saber qué hacer, recogió huesos del suelo y comenzó a arrojárselos a la vaca.

Así, la frisona recibió una metralla de coxales y mandíbulas, de vértebras y cráneos. A pesar de que no podían hacerle demasiado daño a alguien tan fuerte como la vaca, sí resultaba sumamente molesto, por lo que, después de que un par de tibias le golpearan la nariz, la vaca se levantó y se volvió hacia la muchacha.

Gonzalo pudo entonces respirar y volver a ver el cielo. Mientras la vaca caminaba con paso confiado hacia Remedios, que súbitamente había palidecido, Gonzalo se las arregló para ponerse de pie. Miró cómo se acercaba el fin de su amiga y entonces descubrió que, de casualidad, allí estaba su garrote.

Lo tomó y miró a Remedios, preguntándose *"¿y ahora qué?"* La muchacha, que tenía un cráneo y un esternón en las manos, le pasó el primero, por encima de la vaca, que se frenó, sorprendida y miró cómo la osamenta atravesaba el aire a un par de metros de distancia.

—¡Pégale! —le gritó Remedios.

Gonzalo actuó sin pensar y le lanzó un garrotazo al cráneo, que salió disparado a una velocidad infernal, hacia la cara de la vaca ahora vuelta hacia él.

El proyectil dio en uno de sus ojos y zarandeó la cabeza de la devoradora de hombres. La sorpresa invadió al demonio vacuno mientras Gonzalo y Remedios festejaban con carcajadas de alegría.

Comenzaron a trabajar en equipo. Remedios le enviaba huesos por el aire, Gonzalo los golpeaba con precisión y salían en pos de la vaca que, desorientada, no sabía dónde ir mientras recibía una serie de cachiporrazos en el cuadril, en el costillar, en el lomo.

Gonzalo se entusiasmó y eso fue el comienzo del desastre. Los huesos que, a garrotazo puro, mandaba hacia la vaca daban en el blanco. Aporreaba con el garrote los huesos que le llegaban del otro lado con tanta pasión como era capaz.

—¡Toma, vaca tonta! —festejaba cada vez que le pegaba.

Ni bien terminó esa frase, le llegó volando, del otro lado, un esternón que atizó con la mayor fuerza de que era capaz. Tanta que el garrote se le resbaló de las manos y salió lejos, girando sobre sí mismo hasta caer al suelo.

Un último pelvis llegó hasta él y terminó a sus pies. La vaca pareció entender, levantó sus dos patas derechas y quedó apoyada sobre las izquierdas, en grácil equilibrio. Gonzalo frunció el ceño, pensando, una vez más, "¿y ahora qué?", cuando salieron disparados dos chorros de leche directamente hacia su cara, cegándolo y dejándolo fuera de combate.

Hecho esto, la vaca le dedicó una mirada contemplativa y burlona tras la cual se volvió hacia Remedios, esta vez dispuesta a empezar su almuerzo.

Gonzalo trató de secarse y lo consiguió bastante rápido. La cara le ardía un poco. No tenían tiempo. Buscó otra arma, pero lo único que llevaba encima era la mochila de Remedios. Hurgó dentro y lo que sacó fueron las marionetas. Entonces, desesperado al ver que la vaca se encaminaba hacia la muchacha, optó por hacer lo único que sabía hacer.

Se puso a cantar.

—¡Yo teeeengoooo una vaaaaacaaaa lecheeeeeeeraaaa…!

Al escuchar semejantes chillidos, las orejitas de la vaca se levantaron enhiestas. Remedios, de inmediato se cubrió los oídos con ambas manos, pero la vaca no tenía manos para taparse, así que se giró en un movimiento repentino hacia Gonzalo.

—¡No es una vaaaaacaaaaa cualquieeeeeeeeraaaaaaa…!

Parecía que estaban despellejando a alguna criatura monstruosa. Incluso con los oídos tapados, Remedios tuvo la impresión que le pasaban un serrucho por el cráneo y después el cerebro. El estómago se le dio vuelta y la cabeza quería estallarle. El canto era tan espeluznante que Remedios temió desmayarse en cualquier momento.

La vaca, desesperada, trató de sacudir la cabeza para librarse de sonidos tan pavorosos. Pero era imposible. Y para alguien tan sensible a los sonidos fuertes, tan acostumbrada al etéreo silencio que reinaba en el desierto, los aullidos pelados de Gonzalo eran un bombardeo demoledor. De un salto, se puso frente al Sorteado, pero cuando mostró sus dos hileras de filosos colmillos, se quedó petrificada por la sorpresa. Gonzalo le aferró una de las orejas y se puso a tironearla.

—¡Si le tiro de una orejaaaa…!

Al llevar la oreja de un costado a otro, le sacudió la cabeza a la vaca y los ojos del animal comenzaron a girar sobre sí mismos, como una calesita endiablada. La frisona trató de librarse y cuando lo hizo, saltó hacia atrás. Pero algo no funcionaba bien. Las patas traseras le fallaron, como si estuviera mareada y terminó cayendo sobre su lomo.

—¡… Le sale leche viejaaaaaaaaa…!

La bestia vacuna se levantó como pudo, pero su cabeza se bamboleaba como si sus músculos no pudieran sujetarla y trató de dar un salto, para escapar a esos sonidos mortíferos que ahora invadían el aire, pero ya era tarde. Había perdido el sentido del equilibrio. Lo hizo completamente descoordinada y volvió a enterrarse entre los huesos.

Incluso entonces, consiguió levantarse una vez más y miró a Gonzalo con ojos sanguinarios, al tiempo que soltaba un mugido bajo y grave. Finalmente abrió la boca grande y se aprestó a saltar sobre su presa, para aniquilarla de una buena vez, pero Gonzalo aprovechó para llenar sus pulmones de aire y ahí soltó lo que faltaba de su canción.

—¡Tolón, tolóóóóón... Tolóóóóóón, Tolóóóóóóóóóóónnnnn!

Ahí la cabeza de la vaca volvió a irse de un costado a otro, como una marioneta rota, la boca se le entrecerró, los ojos le bailaron, la lengua le colgó a un costado, las patas no la sostuvieron y se desplomó, derrotada, entre los huesos. Ese fue su final.

CAPÍTULO 10

Traición y huida

—¡Pobre vaca! —exclamó Gonzalo. Miraba a la enorme criatura tendida sobre el blanco suelo del Desierto de los Huesos con profundo pesar, las manos a los costados.

—¡¿Cómo "pobre vaca"?! —se escandalizó Remedios colocando los brazos en jarra—. Por si no te acuerdas, estaba tratando de comernos vivos.

—Sí, pero no lo hacía por mala.

—¿Ah, no?

—No...

La pelirroja trató de contar hasta diez para atrás y calmarse.

—Gonzalo —suspiró—, esa vaca era un monstruo. Devoraba gente.

—¿Y qué querías que comiera? ¿Pasto?

Remedios se abrió de brazos y el Sorteado pareció meditar unos instantes.

—Bueno… Pero no lo hacía por mala.

—¿De dónde sacaste que no lo hacía por mala? ¿Desde cuándo eres un experto en vacas?

—A veces es la vida que nos lleva por el mal camino, que nos hace prisioneros de las circunstancias, no es que nosotros queramos ser así… —Gonzalo torció su boca para abajo—. ¡Pobre vaquita…!

—¡¿Vaquita?! ¡¿Vaquita?! ¡Era una bestia!

—¿Cómo, bestia? Si era una vaca sensible. ¿No viste cómo se emocionó con mi canto? Igual que mis canarios, los que llevé de musa inspiradora. ¡Era una vaquita canario!

—¡Esta vaquita canario se zampó a toda esta gente, Gonzalo! —dijo Remedios—. ¡Mira alrededor!

Remedios hizo un gesto ampuloso para mostrar lo vasto del desierto y Gonzalo suspiró.

—Sí, la verdad que era de buen apetito, ¿no? Pero no era *mala*.

Remedios giró los ojos hacia atrás.

—¿No viste cómo le daban vuelta los ojos por la emoción? —insistió, veloz, Gonzalo.

—¿Entonces qué querías hacer? ¿Quedarte así, cantándole por el resto de tu vida?

Gonzalo asintió, apretando la boca.

—Sí, es verdad.

—Era ella o nosotros, no teníamos opción.

—Pero ella no planificaba ser mala. No era mala a propósito.

—No —habló entre dientes Remedios—. Se comió a un millón de personas, pero no era mala, no. Pobrecita.

—Estaba un poquito mal del coco, eso es verdad.

—Piensa en todas las vidas que salvamos a partir de ahora.

—Es cierto, era una vaca de buen comer. Y hablando de eso, ¿no tenemos nada para almorzar? Porque tanto riesgo, tanto estar al borde de la muerte y tanto hablar de comer me trajo hambre.

* * *

El jugo de los duraznos, el almíbar de los higos les llenaba la boca, hasta les goteaba por los mentones. Gonzalo estuvo seguro de no haber probado nunca nada más dulce. Quizá fuera el hecho de valorar de manera diferente estar vivo, o lo que fuera, pero se sentía en el Edén, saboreando manjares, sabrosos como nada que hubiera probado antes.

"Qué maravilla", pensó mientras mordía la pulpa tierna y suculenta de un higo. "Qué maravilla".

—Esto la verdad que está exquisito —le dijo a Remedios—. ¿Cuándo viste todos estos árboles?

—Justo cuando estaba por entrar en el desierto.

Se habían apartado algo del camino, pero no mucho. Apenas un poco.

—Están rebién. Además, dan sombrita y todo. Qué notable.

Gonzalo tragó y se relamió los labios. Remedios lo observó con una sonrisa. Con los huevos duros de Lelio, sus galletas y su mayonesa, la comida resultó opípara y perfecta. Improvisaron un pícnic justo al borde del Desierto de los Huesos (del lado del bosque, eso sí). Como nunca, comieron hasta hartarse.

—¿Quieres agua? —le preguntó Remedios.

—No, gracias.

—¿No tienes sed?

—Con lo jugosos que estaban los higos y los duraznos, no.

Remedios se alzó de hombros y bebió un largo sorbo de una cantimplora con agua común. Miró de reojo la cantimplora que Gonzalo había llenado en la fuente.

—¿Seguro que no quieres tomar del Agua de la Vida? Para probarla, digo.

—No, mejor no. Déjala para la Berenice esa. A ver si cuando lleguemos la cantimplora no le alcanza y nos mandamos semejante viaje para nada.

Remedios aceptó con un asentimiento y suspiró, satisfecha. De ahí en adelante, se dedicaron a disfrutar unas horas de paz, sabiendo que habían conseguido algo que nadie había conseguido jamás: llenar una cantimplora con Agua de la Vida y escapar del Desierto de los Huesos en una sola pieza.

Por tanto, tras arriesgar sus pellejos y salvarlos gracias a estar juntos, Gonzalo y Remedios se la pasaron acostados en el pasto, con las manos entrelazadas detrás de la nuca, mirando el cielo y riéndose de las formas amenazantes que toma-

ban las nubes. Aún quedaban algunas, es cierto, pero de una textura más esponjosa y un color más blanco que las grises del día anterior. Es más: el firmamento ya comenzaba a vestirse de celeste. Gonzalo cerró los ojos y algo de sol le acarició la cara, entibiándosela.

Transcurría la tarde y, además de la nada despreciable sensación de estar vivo, tenía el estómago lleno. Algunas horas atrás temía morir y también casi desfallecía de desnutrición. Ahora, todo era perfecto. Lo único que necesitaba era una buena siesta. Descansar. Descansar y descansar. Ah, eso sí que era vida.

—¿Gonzalo...? —empezó Remedios.

—¿Qué?

—Siempre te quise preguntar algo. ¿Por qué no quieres ser rey?

—Porque nadie quiere que yo sea rey.

Remedios no respondió. Aguardó unos instantes, mientras pensaba en lo que Gonzalo le decía.

—Además, a mí no me gusta mandar a nadie. Ya bastante tuve con que me manden a mí como para hacérselo yo a los demás. Pero igual, todos piensan que estoy mal del coco.

Remedios sonrió.

—Yo no creo que estés mal del coco.

—Eres la única en una multitud.

—A veces una única persona puede valer más que una multitud. ¿Quieres saber lo que significa tu nombre? —le preguntó Remedios.

—¿Cómo, lo que significa mi nombre?

—Claro, todos los nombres significan algo. ¿Quieres saber lo que significa el tuyo?

—Sí.

—Bueno.

Remedios sacó su diccionario.

—¡¿Mi nombre está en el diccionario?! —preguntó Gonzalo, fascinado.

—Claro.

—¡Qué va!, no juegues.

Remedios sonrió e hizo que buscaba su nombre para leerle la definición, pero en realidad ya se la sabía de memoria.

—Acá está —lo miró Remedios.

Gonzalo le devolvió la mirada y sintió que se sumergía en sus ojos celestes, como si fueran un mar. Parecían dos enormes puertas hacia lugares misteriosos. Un cosquilleo le corrió por la espalda.

—¿Qué... qué quiere decir? —terminó por preguntar.

—Guerrero totalmente preparado para la lucha —dijo Remedios.

—¿Cómo? ¿En serio?

—Viene de tres palabras: *gund*, que quiere decir "lucha"; *all*, "total" y *vus*, "dispuesto, preparado". Totalmente preparado para la lucha.

—Qué más da.

—Estaba pensando. Hoy... bueno... parecías eso... un guerrero. —Remedios trató de sonreír pero enrojeció.

—¿Sí?

—Sí.

Gonzalo miró al frente, mientras pensaba en las posibilidades. Un guerrero. Alguien importante. Alguien valiente. Alguien que, quizá, fuera hasta admirado. Alguien a quien las cosas le salían bien. Para él, a quien nunca le había salido algo bien, tener un nombre semejante era una nueva experiencia.

—¿De veras? —preguntó. Nunca nadie le decía cosas buenas. Solo Remedios.

—Claro —respondió ella.

—¿Un guerrero...?

—Por supuesto. ¿O acaso no me salvaste? Los guerreros hacen eso, ¿no?

Gonzalo arrugó la boca y miró al suelo.

—Es verdad —Sonrió él—. ¿Qué quiere decir "Remedios"?

—Remedios quiere decir remedios.

—¿Cómo, remedios?

—Un remedio, dos remedios.

—Ah.

—Creo que tenemos que volver a la ciudad —dijo Remedios y se puso de pie.

Gonzalo desenlazó las manos de atrás de su nuca y cruzó los brazos encima del pecho.

—Trabajo, siempre trabajo. Acabamos de matar a la vaca. Tenemos que descansar.

—Es hora de demostrarle a todo el mundo allá quién es el verdadero Gonzalo.

—Que lo haga otro. Yo quiero descansar.

Remedios tironeó de él, para que se pusiera de pie.

—No hay otro Gonzalo. Ya vamos a descansar después. Dale, salgamos cuanto antes.

—No, no —porfió Gonzalo. Yo voy a descansar.

Algo puso de mal humor a Remedios, quizá el haber estado a punto de morir hacía solamente un rato. Tenía los nervios un poco alterados.

—¡Dale! ¡Vamos! ¡Ahora mismo!

Gonzalo respingó y se puso de pie de un salto, creyendo que la vaca feroz había resucitado.

—Bueno —dijo—. Qué carácter...

Remedios no le respondió de inmediato, se tomó un instante para alisarse la ropa y arreglarse el pelo.

—Quiero llegar a casa y darme un baño.

—¿Darte un baño? ¿Para qué?

Remedios habló entre dientes.

—Caballo. Ahora.

Gonzalo tomó la cantimplora con el Agua de la Vida, montaron en el purasangre de Gonzalo, que los esperaba todavía atado y salieron.

* * *

—¿En qué estás pensando? —preguntó Remedios.

—En las estatuas.

—Y dale. ¿Por qué te preocupan tanto? Ya está, ya conseguimos el agua y estamos de vuelta.

Una muchedumbre de puntitos blancos salpicaba el cielo nocturno. Les iluminaba el camino la Luna y el tiempo estaba apacible, algo fresco, pero agradable y sin viento.

—No sé. No me lo puedo quitar de la cabeza. Tengo que saber de dónde vienen.

—¿Para qué?

—No sé. Y también en ese cartel al lado de la fuente. Era medio raro, ¿no?

Remedios no respondió. El caballo avanzó algunos metros más. La noche avanzaba también, en calma. Los dos se sentían despiertos, sorprendentemente llenos de energía a pesar de lo agotador de la jornada, como si el encuentro en el Desierto de los Huesos les hubiera dado una enjundia especial.

—¿De dónde te parece que salió la vaca? —preguntó Gonzalo.

—Y yo qué sé.

—De algún lado tiene que haber salido.

—Supongo, sí.

—Aparte, se ve que hacía un tiempo relargo que vivía ahí.

Remedios suspiró y trató de pensar de dónde podría haber venido.

—Seguramente bebió Agua de la Fuente.

Gonzalo abrió la boca, pensativo.

—¡Claro! ¡Por eso vivió tanto tiempo!

—Y creció como creció —Remedios se sumió en pensamientos—. Pero no era inmortal. Como tú dijiste, el agua no te hace inmortal, sino eternamente joven.

Movimientos de asentimiento de Gonzalo siguieron a esas palabras.

—Si te revientan, te revientan. Igual, no entiendo de dónde vino —insistió él.

—Un día se ve que tenía sed, llegó hasta la fuente, bebió agua y se transformó en la vaca feroz —respondió Remedios alzándose de hombros.

—¡Claro! —dijo Gonzalo. Luego bajó los hombros—. Pero todavía no sé de dónde salen las estatuas.

—Parecían personas de verdad.

Gonzalo entrecerró los ojos y súbitamente su mirada se transformó en algo inteligente y vivaz.

—Debe ser la gente que trató de llegar hasta la fuente y murió.

Remedios pareció considerar el asunto.

—¿Se transformaron en estatuas, dices?

Gonzalo se alzó de hombros y la muchacha iba a responder, pero entonces arribaron hasta un claro familiar.

—Ah, ya estamos llegando al hotel —dijo Gonzalo, anticipando desde ya la compañía de Lelio y una noche de descanso en sus colchones pulguientos.

Sin embargo, grande fue el asombro cuando se encontraron con que del Hotel In Memóriam apenas quedaban un montón de maderas rotas, apiladas en desorden unas sobre otras.

—¿Y esto? —preguntó Gonzalo.

—Lo que te dije. Ese hotel se iba a derrumbar...

Detuvieron el caballo y miraron el lugar sin saber muy bien qué hacer. Pensaban pasar ahí la noche pero, evidentemente, esa decisión tendría que cambiarse.

—¿Qué hacemos ahora? —preguntó Remedios.

—Tenemos que ver si Lelio no quedó aplastado ahí abajo.

Gonzalo desmontó al instante y caminó hasta las ruinas del hotel.

—¡Lelio! —gritó Gonzalo—. ¿Estás ahí?

Nada.

Gonzalo circundó las ruinas, hasta llegar al lugar donde antes había estado la puerta. Se encontró con el cartel de HOTEL IN MEMÓRIAM, ¡SU MEJOR E INOLVIDABLE ESTADÍA NOCTURNA! tirado en el suelo. Lo levantó y lo sostuvo frente a sus ojos. Tras llegar hasta él, Remedios le colocó una mano sobre el hombro. Gonzalo no reaccionó. Miró al frente y gritó:

—¡Lelio! ¡Respóndeme! ¡¿Estás ahí o no?!

Nada.

Gonzalo dejó caer el cartel y se llevó una mano a los ojos.

—Está muerto —sentenció.

Cuando el silencio parecía envolverlos con su mortaja, surgió una débil voz de entre la madera.

—¡¿Hola?! ¡¿Hay alguien ahí?!

Gonzalo apartó la mano de sus ojos e intercambió una mirada con Remedios. Entonces llegaron otras voces.

—A mí me pareció oír a alguien —murmuró una.

—Sí, alguien llamaba a un tal Elio —se escuchó otra.

—Entonces griten, estúpidos, griten —dijo la que había hablado primero.

—¡Aaaaaahhhh!

—¡Eeeeeehhhh!

—¡Socorroooo!

—¡¿Hay alguien?! ¡Holaaaa!

Y luego, silencio de nuevo. Tras un par de segundos, Gonzalo le hizo un gesto a Remedios para que se alejaran. Cuando estuvieron a unos pasos del hotel, le habló a Remedios en voz baja.

—A mí me parece que esa no era la voz de Lelio.

—Gonzalo...

—¿Qué?

—Eran más de una voz.

—Entonces no puede ser Lelio. Lelio tenía una sola.

—Exacto.

—¿Te parece que hay otras personas ahí abajo?

—Sí. Además, mira.

Remedios señaló hacia un punto a la espalda de Gonzalo.

—¿Qué? —susurró él.

—¿Qué ves?

—Tres caballos.

—¿Entonces?

Gonzalo la miró y pensó. Tras unos instantes se le aclaró la mirada y levantó el índice.

—Hay tres personas atrapadas —dijo.

—Es lo que yo digo.

—¿Serán asaltantes que trataron de robar el hotel? ¡¿Habrán asesinado a Lelio?!

—¿Para qué robar el hotel, si no tiene nada?

—Es verdad. Averigüemos quiénes son.

—Sí, me parece lo mejor.

Caminaron de nuevo hasta el hotel.

—¡Ahí abajo! —dijo en voz alta Gonzalo—. ¡¿Quiénes son?!

—¡¿Quién pregunta?!

Gonzalo iba a responder, pero otra voz surgió de entre las maderas, anticipando la suya.

—¡No andes con vueltas, estúpido! ¡No es momento de hacerse los misteriosos!

—Ya oí, ya oí —llegó la respuesta antes de que Gonzalo pudiera intercalar palabra—. Tampoco es para gritar de esa manera, Abi.

—¡Ya te dije que no me llames así!

—Bueno, bueno. No te sulfures.

—¡No me digas qué hacer! ¡Yo digo qué hacer!

—¿Qué hago, entonces?

—¡Háblales a los de afuera!

Gonzalo y Remedios se miraron con sorpresa. Esta vez la voz llegó claramente dirigida hacia ellos.

—¡Eh, los de afuera! ¡Soy Oliverio Oliva! ¡Estoy junto con Abilio Bilis y Augusto ¡A su gusto! ¡Venimos de la ciudad!

La sorpresa en los rostros de Gonzalo y Remedios se transformó ahora en completa incredulidad. Volvió a escucharse la voz de Oliverio.

—¡¿Podrían rescatarnos, por favor?!

Claro que podían y, de hecho, así lo hicieron. Gonzalo y Remedios sacaron las maderas hasta que, sobre el amanecer, Abilio y sus dos secuaces quedaron en libertad. Ya iban a agradecerles a sus rescatadores el haberles salvado la vida cuando se llevaron la sorpresa de su vida.

—¿Tú...? —preguntó Abilio, al ver que se encontraba ni más ni menos que frente a Gonzalo.

Oliverio y Augusto se dirigieron uno a otro unas miradas duras.

—Mmm —respondió Gonzalo—. ¿Cómo te va?

—Problema mío —dijo Abilio, tratando de quitarse el polvo de encima. Tanto él como sus dos compinches tenían un aspecto lamentable—. ¿Qué haces acá?

—Justo pasaba.

—¿Vas yendo para la Fuente de la Juventud?

—No.

El hijo de ministro sonrió.

—No te da, ¿eh? Cobarde.

—Ya fui.

La sonrisa desapareció del rostro de Abilio.

—¿Ya fuiste?

—Claro. Ahora estoy yendo de vuelta a la ciudad.

Por unos instantes, el que quedó impávido, como un monigote, fue Abilio. Finalmente reaccionó.

—Ah, ahora entendí. Llegaste hasta ahí, viste la vaca feroz y volviste enseguida hacia la ciudad.

—Sí.

—Jah. Yo sabía que habías huido. Cobarde.

—Pero antes de volver, la matamos.

—¿A quién?

—A la vaca. Pero no era mala, ¿eh? Tenía buen corazón.

—¿Cómo, "la matamos"? ¿Qué dices?

—Remedios y yo. Juntos. Ñácate. Chao vaca feroz.

—Pero... eso es imposible.

Gonzalo se alzó de hombros.

—Imposible, imposible, no.

—Pero... pero.... ¡Se suponía que la vaca te iba a comer, no que tú la ibas a matar a ella!

—Bueno, fue sin querer.

Abilio se tironeó su espléndida (aunque ahora llena de tierra) cabellera rubia.

—¡No te puedo creer! —gritó.

—¿Por qué? Te digo en serio. Liquidamos a la pobre vaca.

—¿Y el agua? ¿Conseguiste el Agua?

—Claro...

—Gonzalo... —quiso intervenir Remedios, súbitamente alarmada.

Pero Gonzalo, enfrascado en su conversación con Abilio, tenía ganas de echarle en cara lo que había hecho. Por una vez, se sentía de igual a igual. Hurgó en las alforjas del caballo.

—Acá está —pronunció.

Y dichas esas palabras, el Sorteado les mostró la cantimplora rebosante de Agua de la Vida. Abilio la miró y un brillo asesino surgió de sus ojos. De entre la mugre que había en su cara, apareció su sonrisa blanca como la leche, que fulguró en la noche oscura.

—Muchachos... —dijo.

De la misma manera que en su encuentro con Lelio, al unísono, en un movimiento veloz y repentino, sus dos secuaces sacaron los cuatro sables curvos. Las hojas de acero, hasta entonces protegidas por sus vainas, no tenían ni una mota de polvo encima y despidieron destellos amenazantes.

CAPÍTULO II

Un
reencuentro

Abilio, Oliverio y Augusto no solamente

se llevaron la cantimplora, también tomaron el garrote, el caballo y todo el dinero que Gonzalo y Remedios tenían consigo. Es más, no satisfechos con eso, los ataron de pies a cabeza a un grueso eucalipto, para evitarse cualquier inconveniente futuro, y marcharon hacia la ciudad.

—Creo que estamos en problemas —comentó Gonzalo, mirando a Remedios.

—¿Ah, sí? No me digas.

Una soga, larga, gruesa y resistente circunvalaba repetidamente el eucalipto y los apresaba al punto de no permitirles movimiento alguno, casi ni podían respirar.

—En serio—asintió a duras penas Gonzalo—. Incluso en problemas *graves*, diría yo.

—Estamos atados a un tronco en medio de la nada, Abilio nos robó el agua, la va a llevar a la ciudad y todo el mundo va a pensar que *él* es el héroe. ¡Sí —explotó Remedios—, ahora que lo dices, a mí también me parece que estamos en problemas un poco graves!

Gonzalo trató de asentir una vez más, pero la soga lo sujetaba tanto que no podía.

—Y, además —agregó él—, me están empezando a dar ganas de ir al baño.

Remedios lo miró de reojo, porque no podía volver la cabeza. Estaban casi uno al lado del otro.

—Sí, la verdad que eso es un problema —concordó la muchacha.

Los dos suspiraron. Gonzalo miró en derredor, buscando una solución inexistente. Recordó cómo, en un primer instante, cuando había visto los sables, había pensado que todo se trataba de una broma. Ahora, un par de horas después, el giro de los eventos ya no le causaba ninguna gracia.

—¿Qué vamos a hacer? —preguntó Remedios.

—Ni idea —respondió Gonzalo.

* * *

Caía la noche cuando Abilio, Oliverio y Augusto llegaron a la puerta de la ciudad. Ni bien se disponían a cruzarla, apareció Froilán que, lanza en mano, alzó su palma derecha y dijo con voz firme.

—¡Alto!

Los tres jinetes, que venían hambrientos, sucios, malolientes, malhumorados y cansados, detuvieron sus tres caballos y el purasangre que le habían robado a Gonzalo.

—¿Y ahora qué pasa? —preguntó Abilio.

—No se puede entrar —respondió Froilán.

—¿Cómo que no se puede?

—No se puede.

Oliverio y Augusto se miraron de reojo al tiempo que apoyaban sus manos en los mangos de sus sables.

—Tranquilos, muchachos, tengo todo controlado. —Los calmó Abilio. Tras ello, le sonrió a Froilán, que mantenía su semblante serio—. No queremos entrar, queremos pasar.

—¿Hacia dónde?

Abilio enarcó las cejas.

—Hacia adentro, claro.

—Ah, entonces, no se puede.

—¿Cómo que no se puede? —Abilio notó que ya se agotaba la paciencia.

—No se puede —terció Froilán.

—¿Por qué?

—Se puede pasar hacia fuera, pero no hacia dentro. Eso es invasión. Solo se puede entrar si se viene en misión oficial.

Oliverio y Augusto comenzaron a alzar sus armas, pero Abilio alzó su mano una vez más, deteniéndolos. Se mordisqueaba el interior del labio inferior, rumiando furia, pero sus ojos, semientornados, destilaban frialdad y desprecio.

—No hay problema —dijo y súbitamente estiró los labios como un mono. Hurgó entre sus ropas y de allí sacó un papel enrollado que ahora estaba bastante arrugado—. Nosotros venimos en misión oficial. Acá está el documento.

Se lo extendió a Froilán, quien estudió la hoja y la devolvió, sin el menor atisbo de sonrisa.

—Es falso.

—¡¿Cómo que es falso?!

—Es falso.

—¡¿De dónde sacaste que es falso?!

—No tiene sello de salida.

—¿Cómo...?

—Cada vez que alguien sale con una misión oficial, debe ser sellada por mí. Esa misión no tiene sello, por tanto, es imposible que hayan salido por acá en misión oficial, por tanto es imposible que ese "documento" sea verdadero, por tanto es imposible que los deje pasar hacia dentro. Por tanto, he dicho.

Abilio suspiró. Cada vez se sentía más cansado. Oliverio se aclaró la garganta, esperando que su jefe le hiciera un gesto para liquidar al guardián. Pero Abilio se lo tomó con la mayor tranquilidad posible.

—Escúchame una cosita... —empezó a decirle a Froilán— ¿sabes quién soy yo?

—Sí, hasta ahora, un invasor.

Abilio soltó un bufido.

—Soy alguien muy importante.

—No importa si un insvasor es muy importante o no. La ley es la misma para todo el mundo. No se puede pasar hacia dentro. ¡No a la corrupción!

—Soy el hijo del ministro Bilis.

Froilán, el guardián, parpadeó.

—¿Abilio?

—Exacto.

—¿Abilio Bilis?

—Tú lo has dicho.

Froilán lo miró y luego posó su mirada sobre los otros dos. Un par de segundos después, soltó un par de *jo-jos*, una risa extraña donde no se le llegaba a estirar la boca. Al pobre Froilán hacía años que nadie le contaba un chiste, los músculos de la risa se le habían atrofiado y lo único que le salía, en vez de un *jua-jua*, era un *jo-jo*, enmarcado por una cara impávida y seria.

—Jo, jo. El hijo del ministro. Seguro. Jo, jo. Ahora sí que lo he escuchado todo. Jo, jo.

—¿Puede saberse por qué tanto *jo, jó*? —preguntó Abilio.

—Jo, jo… Mira si el hijo del ministro va a estar así de *mugroso*… Jo, jo. ¿No tienen otro chiste? Jo, jo… Jo, jo.

Abilio se frotó la frente y miró el garrote que le habían robado a Gonzalo. Levantó una mano.

—Muchachos... —dijo.

Y las cosas cambiaron para Froilán.

* * *

Las cosas no cambiaban para Gonzalo y Remedios, atados como estaban en medio del bosque. Ambos habían tratado de liberarse de sus ataduras, pero eran cuerdas resistentes, de nudos firmes. Allí estaban, a punto de perder sus esperanzas cuando, de repente, una voz cruzó el aire fresco del atardecer.

—¡¿Pero qué ha pasado aquí?!

—¡Lelio! —gritó Gonzalo.

—¡¿Quién grita?!

—¡Acá, Lelio! ¡En el árbol!

El hotelero, que volvía montado en su corcel, elevó su mirada desde los restos del hotel hacia las copas de los árboles.

—¡Madre mía! ¡Los vegetales hablan!

—No, abajo, Lelio. Acá.

Entonces bajó la mirada y descubrió al simpático muchacho que tanto lo había divertido con sus marionetas.

—Pero caballero, ¿qué hace ahí? ¿Para qué se ató?

—Desátame y te cuento todo.

Así lo hizo Lelio, tanto con él como con Remedios, y entre ambos le contaron lo poco que sabían del derrumbe del hotel y de quienes habían salido de entre los restos.

—Ya sé quienes son —replicó Lelio—. El que mandaba era un muchacho rubio.

—Exacto.

—Llegaron justo cuando me iba de vacaciones y, a la mañana siguiente, olvidé que estaban allí. Anoche advertí que los había dejado encerrados en el hotel, porque cuando recogí mi caballo, vi a otros tres. Hasta ese momento, ese hecho no me había llamado la atención, sin embargo, me acordaba a cada rato de esos animales. ¡Hasta que me di cuenta por qué, claro! Mi mente trataba de recordarme que tenía clientes en el hotel. Es que uno está desacostumbrado a tener tanto trabajo. Esta sí que ha sido temporada alta. Altísima, diría yo. En fin, el caso es que apenas capté lo ocurrido, volví de inmediato para cumplir mi deber: o sea, liberar a los clientes. —El hotelero miró el desastre que tenía ante sí—. Y ahora esto...

Gonzalo caminó hasta él y apoyó una mano sobre su hombro.

—Lo lamento —le dijo.

—¿Por qué?

—Se destruyó tu hotel.

—¿Y?

—¿No te pone triste?

—Para nada. Es un alivio. Ya me tenía aburrido ese trabajo. Yo siempre quise viajar.

—¿Y entonces para qué te compraste el hotel?

—Para tener un lugar donde descansar, claro. Pero complica la vida si uno quiere ver el mundo.

—Ah. Bueno, qué bien, entonces. Ahora vas a poder.

—¡Al fin me voy a ir de vacaciones en paz, a disfrutar de un merecido descanso, sin tener que pensar en huéspedes!

—Qué importante es descansar, ¿no? —sonrió Gonzalo.

—Sí. Muy importante.

Gonzalo le hizo un gesto con las palmas de las manos a Remedios, como diciendo: ¿ves?

—Tenemos que ir hasta la ciudad —respondió ella.

—Sí, sí —replicó Gonzalo—. Ya me olvidaba. ¡Ufa, no se puede descansar ni un segundo!

—Eso es muy malo para la salud —intervino Lelio.

—¿Verdad que sí? —Se preocupó Gonzalo.

—Sí, sí —coincidió Lelio—. Muy malo.

—Gonzalo. —Llegó la voz de Remedios.

—¿Qué? —dijo él, volviéndose hacia ella.

—Tenemos que irnos.

—Ah, sí, sí. Bueno, Lelio... —Gonzalo titubeó y finalmente abrazó al hotelero—. Hasta siempre.

—Hasta siempre. —Le devolvió el abrazo el exhotelero.

Gonzalo asintió y se apartó de Lelio, que sacó su sucio pañuelo para secarse nuevamente las lágrimas de la emoción. Era un hombre de sentimientos a flor de piel. Sin esperar más, Gonzalo se alejó unos pasos y vio que Remedios se quedaba parada.

—¿Qué pasa? —le preguntó—. ¿Vamos o no vamos?

—Necesitamos un caballo.

—¿Y dónde quieres que consiga un caballo ahora?

Remedios lo miró parpadeando.

—¿Qué...? —preguntó Gonzalo.

—El señor tiene un caballo —dijo Remedios, señalando a Lelio y su corcel negro, que pastaba no muy lejos de ellos.

—Sí, sí —dijo Lelio—. Es verdad. Llévenlo.

—No podemos —dijo Gonzalo.

—¿Por qué no? —preguntó Lelio.

—Acabas de perder el hotel. No puedes perder el caballo también.

Lelio lo observó un segundo, sorprendido.

—Por favor, es mi regalo. Tómenlo.

—No, no podemos.

—Por favor.

—Jamás.

—Disculpen que me meta —intervino Remedios—, pero no podemos perder tiempo. Gonzalo, si el señor quiere regalarte el caballo...

Lelio y Gonzalo se miraron tratando de decidir qué hacer.

—Ya sé —dijo el Sorteado—. Te lo compro.

—Pero no tenemos plata —dijo Remedios—. Abilio tomó la que te dio el rey.

Gonzalo no respondió. Se abrió la ropa en torno al cuello y sacó la cadena de oro con la diminuta corona rizada de diamantes, la misma que le habían regalado al nacer.

"Creo que es hora de que tome el destino que me dio el azar... y lo deje a un lado", dijo para sí. Miró a Lelio.

—Te cambio esto por tu caballo.

Y con esas palabras, extendió la joya hacia Lelio. El exhotelero miró los eslabones perfectos, el fino metal que brillaba aun en la noche y la delicada forma de la corona, sin atreverse a colocar sus manos sobre semejante maravilla. Sintió que observaba algo tan bello que no podía explicarlo.

—Eso vale mucho más que mi caballo.

Gonzalo se alzó de hombros.

—A mí me es totalmente inútil. Y tu caballo no.

—Aun así...

Gonzalo acarició la joya que le habían regalado apenas nacido y la miró frunciendo levemente el ceño, pensativo.

—Esto me lo dieron porque, de casualidad, nací el mismo día que la única hija del rey —murmuró acariciando, con suavidad, la pequeña corona—. Como si la casualidad fuera cosa del destino. Por eso el colgante. Me lo dieron antes de que supiera mi nombre, antes de que tuviera nombre. Creo que antes de que supieran que yo era medio... bueno... que me costaba ser así, muy como los demás, digamos.

—Me gustan los que no son como los demás —respondió Lelio—. Para eso, están los demás.

Gonzalo sonrió.

—En todo caso, si hubieran sabido no me lo habrían dado, creo yo. Nadie quiere un rey que se distrae con unas cortinas volando al viento, como yo. El problema fue que nunca me preguntaron si lo quería... a este collar. O ser rey. Y, de hecho, no quiero. Así que ya basta de este destino prestado —miró a Lelio—. Por eso, me sentiría honrado si tú aceptaras este regalo.

—No sé si puedo...

Gonzalo se lo extendió una vez más.

—Realmente necesito el caballo.

—Pero si yo ya te lo regalé.

—No lo puedo aceptar a menos que aceptes mi regalo. Por favor. Me sacarías un peso de encima.

Tras una pausa, Lelio tomó el collar. Lo observó por unos instantes, lo acarició con la yema de sus dedos y finalmente le extendió su derecha a Gonzalo.

—Perfectamente.

Gonzalo sonrió y se la estrechó. Remedios montó el caballo al tiempo que su anterior dueño se colgaba la cadena al cuello. Sin demorar un segundo, Gonzalo imitó a Remedios, hecho lo cual, le dedicó una última mirada a Lelio. Pronto, encaminaron el caballo hacia la ciudad. No habían dado dos pasos, cuando Lelio los llamó.

—¿Qué? —preguntó Gonzalo.

—No importa lo que digan los demás —le respondió su amigo—. Si un día te conviertes en rey, no creo que sea de casualidad —Lelio apoyó una rodilla contra el suelo—. Mis respetos para ti.

Gonzalo asintió, en agradecimiento, y partieron rumbo a la ciudad.

CAPÍTULO 12

Una revolución

Abilio entró en la ciudad envuelto de pe-

numbra. No quería ser reconocido, se negaba a ser visto en el estado calamitoso en que se hallaba. Por tanto, los tres llevaron sus caballos a paso lento, sin armar barullo, marchando entre las casas donde la gente dormía.

—¿Qué hacemos? —preguntó Oliverio.

—Ahora, nada —respondió Abilio.

—¿No vamos a revivir a la princesa?

—¿Así? —el rubio muchacho mostró sus ropas y cabello—. ¿Sin que lo vea nadie porque todos están durmiendo? ¿Entonces para qué tanto trabajo?

—Es que el veneno podría afectarle un poco el coco... Dejarla medio turulata.

—¿Y? —Arrugó la boca Abilio—. No es mi problema.

Continuaron caminando. Lo único que había era sombra y silencio.

—¿No habría convenido liquidarlos? —preguntó Augusto.

—¿A quiénes? —lo miró de reojo Abilio.

—A Gonzalo y a esa otra.

—No. ¿Para qué? Sería sospechoso que murieran en medio del campo y no en el desierto de la vaca. Lo único que necesitábamos es llegar aquí antes que ellos. Y ya lo hicimos. Si llegan a escaparse y venir para acá, mejor. Nunca nadie les va a creer y los desterrarían por mentirosos. Bañémonos y durmamos unas horas. Tenemos que estar impecables para nuestro momento de gloria.

* * *

No había nada de gloria cuando Gonzalo y Remedios llegaron hasta la puerta de la ciudad cuando despuntaba el alba. Froilán, con un vendaje alrededor de la cabeza, mala cara y lanza en mano, caminaba en círculos. Al verlos, alzó el brazo y gritó.

—¡Alto!

El caballo se detuvo.

—Froilán, hola... —empezó Gonzalo.

—Nada de hola. No se puede pasar.

—¿Qué te pasó en la cabeza?

—Una banda de invasores me tomaron por sorpresa, me tendieron una emboscada.

—¿Cómo, una emboscada?

—Empezaron a contarme unos chistes buenísimos y cuando me distraje, zas, me dieron un garrotazo y me dejaron sin sentido.

—¿Estás bien? —se preocupó Gonzalo.

—Mejor que nunca —respondió, cortante, el guardián, al tiempo que mantenía fuertemente aferrada su lanza—. No se puede pasar.

—¿Pero no te acuerdas de nosotros, Froilán? —preguntó Remedios—. Pasamos hace unos poquitos días. Ahora queremos pasar de nuevo.

—No se puede.

—¿Por? —inquirió la muchacha.

—Se puede pasar para afuera, pero no para dentro. Eso sería una invasión.

—¿Invasión? —Arrugó la frente Remedios—. Pero si somos apenas dos.

—No importa.

—Además —continuó Remedios—, nosotros vivimos en la ciudad. Uno no puede invadir lo que ya es su casa.

—Eso no es problema mío.

—Froilán... —empezó Gonzalo.

—Es mi trabajo, lo siento.

Gonzalo iba a insistir, pero Remedios lo detuvo. Una vez más, confiaba en hacer que Froilán les dejara vía libre. Lo quisiera él o no.

—Dijiste que una banda de invasores pasó hace un rato, ¿no?

—Afirmativo. Contra mi voluntad.

—¿No deberías ir adentro a avisar a los demás? Es muy peligroso que haya una invasión en progreso y nadie en la ciudad lo sepa.

Froilán hizo una pausa para pensar, arrugando la boca.

—Pero en ese caso dejaría la puerta sin vigilar —concluyó—. Cualquiera podría invadir.

—Igual, la invasión ya empezó —alzó sus hombros Remedios.

—Pero entonces podrían venir aún más personas a invadir... No. Mejor me quedo acá. No se puede pasar.

Remedios miró a Gonzalo. No tenían el garrote. No podrían defenderse de la lanza de Froilán; tenían que convencerlo, de alguna manera. Gonzalo se frotó el interior de la mejilla izquierda con la lengua. "¿Y ahora?", se preguntó. No quedaba más que improvisar un poco.

—Qué trabajo el tuyo, ¿no? —empezó—. Vigilar y vigilar, todo el día y la noche.

—Mejor eso a ser un desempleado —dijo Froilán.

—Cierto. Aun así, estoy seguro de que nadie imagina lo que es, ¿no?

—Ah, eso seguro que no.

—Deberían, al menos, enviar a alguien para que te cubra de vez en cuando, para que te ayude, para que te puedas ir de vacaciones.

—Anda a decirle eso a los burócratas.

—Para eso me tendrías que dejar pasar.

—Sí. Pero no se puede.

—¿No te parece que es hora de un cambio? ¿Que te tengan en cuenta? ¿Que reconozcan lo sacrificado de tu trabajo y te aumenten el salario? ¿Que presten atención a tus derechos?

Froilán se frotó el mentón, pensativo.

—Y sí, la verdad que sí.

—¿No crees que es hora de decir "yo también existo y tengo derechos"?

—¡Claro! —exclamó Froilán, pero luego bajó los hombros. Su mirada se volvió opaca—. Pero nunca va a cambiar nada. Los que tienen la sartén por el mango siempre van a ser los que tengan la sartén por el mango. ¡Qué les importa a ellos un simple guardián!

—Cierto. A menos que...

—¿Qué?

—Bueno, es una idea... pero no, no es posible.

—¿Qué idea?

—Mi idea es... en fin, es... ¿Qué tal si cambiásemos a los que tienen la sartén por el mango?

—Ahhh...

—¡Sartén por el mango para todos, sin restricciones! —exclamó Gonzalo.

—¡Eso! —la mirada de Froilán recuperó vida.

—El problema es cómo cambiar a todos los que tienen la sartén por el mango.

—Es verdad —murmuró Froilán y se puso una mano en la cintura—. ¡¿Quién va a querer soltar la sartén del mango si ya la tienen por el mango?! Nadie. Todo siempre va a seguir igual. Estamos liquidados.

—A menos que venga una... —Gonzalo dejó la frase en suspenso.

Entonces, después de unos segundos, Froilán, el guardián, abrió los ojos grandes y luego señaló a Gonzalo.

—Una invasión... —completó el guardián—. ¡A menos que venga una invasión revolucionaria!

—¡Pero qué buena idea! —Gonzalo enarcó las cejas y miró a Remedios—. Qué fenómeno, ¿no?

Remedios también abrió grandes los ojos y, tras un titubeo, asintió.

—¡Claro! —dijo la muchacha—. ¡Una revolución! ¡Viva la revolución!

—¡¿Ustedes son invasores revolucionarios?! —preguntó Froilán.

—¡Más que nosotros, nadie! —levantó su índice Gonzalo.

—¡Entonces entren, entren antes de que los atraviese con mi lanza! ¡Adelante! ¡Vamos! ¡Rapidito!

Froilán se apartó al tiempo que Gonzalo y Remedios no se hacían repetir la orden.

—Me cambian a esos que tienen la sartén por el mango, ¿me oyen? —les dijo Froilán.

—Seguro.

Cuando caminaron un par de pasos más y Remedios estuvo segura de que el guardián no los escuchaba, le susurró a Gonzalo.

—Muy bien.

Gonzalo resopló.

—Sí, pero ahora tenemos que cambiar a los que tienen la sartén por el mango.

Remedios meditó.

—Cierto —dijo.

* * *

Mientras el día comenzaba a clarear, marcharon rumbo hacia las partes más habitadas de la ciudad. El aire todavía estaba algo fresco. La urbe dormía aún, apenas se intuía que, de un momento a otro, personas aparecerían en las puertas de sus casas. Gonzalo y Remedios estaban dentro, sí, pero sus problemas no habían hecho más que comenzar.

Antes de ingresar a la parte más habitada, Remedios lo detuvo.

—Mejor sigo yo sola.

—¿Por qué?

—No te olvides que estás desterrado. Todavía no nos cruzamos con nadie, pero si alguien ve que volviste sin el agua...

Gonzalo recordó al verdugo y las albóndigas con arroz.

—Ay, sí, me van a hacer pomada. Mejor me quedo acá y me escondo.

—¿Dónde?

—Me subo a uno de estos árboles. Tienen copas frondosas.

—Bueno, pero no te vayas a caer.

—No, no. Tranquila.

* * *

Remedios demoró un tanto en encontrarse con alguien, pero apenas llegó a su barrio, halló una agitación inesperada. La gente corría de un lado a otro y hablaban a gritos o en secreto.

—¿Qué pasa, Francisco? —preguntó Remedios, bajándose del caballo y caminando hasta un hombre de pelo entrecano, piel curtida por el sol y manos de albañil.

—¿No te enteraste? —le respondió Francisco—. Ah, es cierto que te fuiste de vacaciones. No sabía que habías vuelto.

—¿Enterarme de qué?

—Abilio, el hijo del ministro Bilis, llegó hasta la Fuente de la Juventud Eterna, derrotó a la vaca feroz y trajo Agua de la Vida para la princesa.

—¿Qué...? —empezó Remedios—. ¿De dónde sacaste eso?

—Todo el mundo lo sabe. No es un cobarde despreciable como el Gonzalo ese.

—Gonzalo no es cobarde, ni un despreciable.

—El caso es que Abilio ya tiene el Agua de la Vida. No se la habrán regalado.

—No hubo necesidad. Directamente la robó.

Francisco frunció el entrecejo, pensativo.

—Seguro —concordó Francisco—. Se la robó a la vaca feroz. Dicen que la mató con su espada, después de ser casi herido de muerte.

—¡Pero todo eso es mentira! —estalló Remedios—. ¡Nunca llegó siquiera a verla!

Francisco hizo un gesto con su mano derecha, quitándole importancia a todo el asunto.

—Bueno, pero que tiene el agua, la tiene. Ahora a media mañana, cuando todo esté listo, se la va a dar a la princesa Berenice para que vuelva a la vida. Dicen que hasta va a haber un espectáculo con teatro, danzas y malabaristas.

—¿Dónde?

—Frente al Palacio Real, claro.

* * *

Remedios llegó hasta el roble acordado y ojeó en derredor, para asegurarse de que nadie los veía. Estaban todos pendientes de la llegada de Abilio y lo que ocurriría frente al palacio, por eso allí, en las afueras, no había nadie.

—Gonzalo, ya llegué.

—Bueno, bajo.

—Con cuidado…

—Sí, sí…

Remedios miró hacia la copa del roble. Entre las hojas y las ramas, apenas se distinguía una figura humana.

—¡Cuidado!

—Sí, s… ¡Aaaahhh!

Gonzalo se desplomó y aterrizó a un metro de Remedios.

—Ay, ¿estás bien? —le preguntó, ayudándolo a levantarse.

—Sí, sí. No hay problema. Estoy acostumbrado a las caídas.

—Bueno —respondió Remedios, mientras intentaba cerciorarse de que él estuviera razonablemente bien—. Tenemos que ocultarte. Va a haber una fiesta para celebrar que Abilio trajo el Agua de la Vida.

—¡¿Abilio también consiguió el Agua de la Vida?! —Se sorprendió Gonzalo—. Ah, no. Es verdad que nos la quitó—. Meditó por unos instantes—. ¡Entonces se va a quedar con el fruto de nuestros esfuerzos!

Remedios se rascó la cabeza.

—Eso. Sí. Algo así.

—Tenemos que recuperar el agua. Es nuestra. Voy a ir y voy a... Pero nadie me puede ver. ¿Cómo vamos a hacer?

—Por eso te estaba diciendo. Pasé por casa y te traje algo para que puedas pasar... inadvertido.

—¿Qué?

Remedios le mostró su mochila, que estaba llena, mucho más que antes.

—Usé lo que tengo acá dentro en mi último baile de disfraces. Lo tenía guardado en mi baúl.

—¿Entonces me voy a disfrazar? ¡Qué bien! ¿De qué?

—¡De hada madrina! —Sonrió Remedios.

—¡¿De hada madrina?! —exclamó él.

—Claro. Es un disfraz precioso: un vestido rosa con volados de tul y escarcha.

Gonzalo se escandalizó.

—Yo de hada no me disfrazo nada.

—¿Tienes una idea mejor?

—Sí. Ponerme una bolsa en la cabeza.

—Claro, seguramente no vas a despertar sospechas. Gonzalo, no tenemos tiempo.

—¡Soy un hombre! ¡Las hadas no son hombres!

—¿Por qué gritas? Te van a descubrir ¿No puedes hablar un poco más bajo?

—No, porque tengo voz de hombre. Hombre. Además, de cantante, claro.

—Pero Gonzalo —le dijo Remedios—, si te traje una peluca rubia divina.

Los ojos de Gonzalo parecieron dos enormes huevos fritos.

—De ninguna manera me voy a poner una peluca. Y menos rubia. ¡Prefiero morir en el olvido, prefiero buscarme otra vaca feroz y que me coma! ¡¿De qué te ríes?!

Remedios se desternillaba de risa mientras miraba cómo se le enrojecía el rostro a Gonzalo y se le empezaban a hinchar las venas del cuello.

—¡¿Qué?! —estalló él.

—Te estaba haciendo una bromita. ¿Cómo te voy a decir que te disfraces de hada? ¿Piensas que no te quiero nada?

Gonzalo trató de ganar su compostura. Se estiró la ropa y quitó el pelo del rostro. Respiró profundo, no sin alivio.

—Ah.

—Te traje esto.

Y entonces Remedios abrió la mochila y le mostró el disfraz que había llevado.

—¿Sabes quién supuestamente se vestía así? —le preguntó la pelirroja de trenzas.

—No —respondió él.

Remedios se lo dijo y entonces, cuando entendió, Gonzalo sonrió.

* * *

El sol sonreía en el firmamento y calentaba el aire. Francisco había dicho la más pura verdad. A media mañana, toda la población de la ciudad estaba reunida frente al palacio y el lugar era pura jarana. De las ventanas colgaban telas de vivos colores: azules, rojas, amarillas y verdes. En las altas torres flameaban banderas al viento y también descendían telas hasta el mismísimo suelo.

Flotaba papel picado blanco, amarillo o rojo (los colores oficiales de la ciudad). En la plaza frente al palacio se habían atado moños en los postes de luz a petróleo, la fuente había sido adornada con cintas multicolores y, repartidos por doquier, se veían cestos con rosas, jazmines y fresias que perfumaban el aire.

A la entrada del palacio se hallaba una improvisada tarima de madera, con forma de escenario, donde los músicos de la corte ya tocaban algunas notas suaves y melodiosas. Cuando Remedios llegó, la fiesta comenzaba. El aroma de las flores se mezclaba con los de bizcochos, tortas, naranjas, duraznos y café. Se entrecruzaban todo tipo de comentarios y cuchicheos, al tiempo que estallaba alguna carcajada aislada.

Entonces, de repente, surgieron aplausos de todas partes. Gasparín Hernández, el emisario de las noticias del rey, arlequín en sus ratos libres, saludó a la multitud desde encima del escenario, haciéndole gestos con las palmas de las manos en alto para que se callaran.

—¡Hola, Ciudad Real! —gritó—. ¡Buenos días a todos!

* * *

Era un buen día para todos en el fondo del palacio, exactamente en el lado opuesto de donde

se hallaba la tarima desde la cual Gasparín comenzaba a charlar con los ciudadanos. Los bailarines y bailarinas danzaban, los actores y actrices decían sus parlamentos, los malabaristas tiraban al aire tizones encendidos y luego los utilizaban para escupir bolas de fuego. Todos entraban en el palacio por su puerta trasera.

La agitación, ansiedad, confusión e histeria generalizada eran tales que nadie notó si cada uno de los que entraban eran verdaderamente actores o bailarines o malabaristas. Y, por supuesto, a nadie le llamó la atención una figura con antifaz negro, sombrero de ala ancha y traje oscuro con capa roja. Pasó completamente inadvertido.

* * *

Los aplausos ensordecieron a Remedios, que avanzaba completamente inadvertida entre las personas, tratando de acercarse al escenario.

—¡¿Qué hacen por acá?! —volvió a dirigirse a la multitud Gasparín—. ¡¿Hay algo importante que esté por ocurrir?!

Esta vez varias risas acompañaron a los aplausos. Remedios trataba de llegar hasta la primera fila de gente, pero era como nadar en el océano durante un día de tormenta.

—¡Ah, sí, sí! —Se llevó Gasparín una mano a la frente—. ¡Ya recuerdo! ¡Menuda cabeza la mía! ¡Vinieron a que les lea las noticias del rey!

Ahora lo que llenó el aire fueron los abucheos. Gasparín sonrió.

—¡Entonces deben haber venido a ver cómo nuestro fantástico Abilio consigue resucitar a nuestra amada princesa Berenice!

—¡Sí! —rugieron todos.

Remedios ya casi llegaba hasta el escenario. Casi.

—Muy bien, entonces —aceptó Gasparín—. ¡Que traigan a la princesa! ¡Comencemos de una vez!

CAPÍTULO 13

Un enmascarado y un desenmascarado

Una exclamación contenida viajó por el

mar de gente tras escuchar a Gasparín y su "comencemos de una vez". La puerta del palacio se abrió y de allí, cargando una lujosa cama de barrotes de oro y bronce, salieron cuatro hombres musculosos. La bella Berenice iba acostada, hecha un monigote pero aún con los ojos abiertos y la misma sonrisa estúpida que le había quedado después de la torta envenenada.

—Damas y caballeros —dijo Gasparín con una mano en el pecho—, ¡nuestra pobre Berenice!

Nadie respondió, la multitud permaneció en silencio. O bien el asombro los enmudecía o, en definitiva, la indiferencia callaba todas las voces. Berenice no era precisamente de lo más popular de la ciudad. Tras la cama de la princesa, con porte grave, salieron el rey y los ministros, que se sentaron a un costado, en el palco de honor especialmente construido para ellos.

—¡Y ahora, damas y caballeros! —volvió a hablar Gasparín, abriendo los brazos hacia la gente, pasado el momento serio—. ¡El momento que todos estaban esperando! ¡El momento de recibir a nuestro héroe, que desinteresadamente arriesgó su vida para salvar a la princesa! ¡Señoras y señores, he aquí quien consiguió lo que nadie jamás! ¡La pesadilla de la vaca feroz y cualquier otra criatura demoníaca! ¡De la estirpe más pura y valiente de Ciudad Real, damas y caballeros...! ¡Aaaaaabiliooooo... Biiiiiiiiliiiiiiiis!

Papel picado saltó por el aire, las banderas se agitaron y la muchedumbre se deshizo en gritos, silbidos y aplausos, justo cuando, finalmente, Remedios llegaba a estar en primera fila.

Abilio apareció seguido de sus dos compinches, vestido con un impecable traje azul de terciopelo y una elegante camisa de seda blanca, con volados en el pecho, que era el último grito de la moda en esa época. Saludó y caminó hasta que quedó frente a la multitud, sobre el borde de la tarima.

Las viejas de la Liga de las Buenas Costumbres aplaudían hasta casi llorar de emoción. Varias chicas buscaban adelantarse para tocarle aunque fuera los zapatos, y los soldados encargados de seguridad se las veían negras para controlarlas, especialmente donde se veían unas muchachas que llevaban una pancarta que decía: Club de Fans Abilio Bilis.

Cuando el griterío llegó a su máximo, Abilio alzó la cantimplora, que traía en su mano derecha y, literalmente, las edificaciones de alrededor temblaron, como si estuvieran en medio de un terremoto.

Abilio sonrió y, acto seguido, hizo gestos para que los presentes se callaran. Tenía la frente despejada y el cabello cuidadosamente peinado. Las jóvenes y las no tan jóvenes soltaban desfallecidos suspiros de amor. Paulatinamente, sin embargo, se silenció la muchedumbre y Abilio esperó hasta estar seguro de que no se oía ni el vuelo de una mosca.

—Señoras... Señores... —dijo y sonrió—. Buenos días.

Otra salva de aplausos, pero esta vez él la cortó de un movimiento imperioso. Hubo silencio absoluto al instante. Abilio se aclaró la garganta antes de hablar.

—Pueblo de Ciudad Real... ¡Aquí está el Agua de la Vida!

Más aplausos, más vítores. Abilio lo disfrutó un rato, asintiendo, y luego calmó a los concurrentes.

—Sí, es verdad. He arriesgado mi vida... pero ¡¿qué clase de persona podría haber hecho menos?!

Nuevamente la plaza pareció explotar. Abilio asintió una vez más y saludó a la multitud hasta que las voces callaron. El rubio muchacho aguardó con paciencia (tiempo le sobraba) a que no hubiera otro sonido fuera del flamear de las banderas, sus banderas, las hechas en su honor.

—Derroté a la vaca feroz, lo ad...

—¡Mentira!

El grito lo dejó en seco, con la lengua sobresaliéndole, apretada entre los dientes frontales. Así estuvo, congelado, por un par de segundos. No esperaba ser interrumpido, mucho menos acusado de mentir. Volvió a reinar el silencio, pero esta vez era uno espeso que no provenía de una indicación suya.

Guardó su lengua en la boca una vez más, intercambió una mirada con Oliverio y Augusto, que miraban el espectáculo desde el umbral que él mismo había cruzado para llegar al escenario. Los dos se alzaron de hombros. Ignoraban de dónde venía la voz.

Abilio giró y se enfrentó con la gente. Se llevó una mano a la cintura, tomando una postura desafiante.

—¿Qué dijeron? —dijo.

—¡Que todo eso es mentira!

Las personas se miraron unas a las otras, tratando de identificar quién había hablado.

—¿Quién se atreve a...?

—¡Yo!

Abilio distinguió unos forcejeos con los soldados de primera fila y alguien que levantaba la mano, como pidiendo la palabra.

—¡Déjenme! —surgía de allí una voz—. ¡Tengo derecho a hablar!

Los soldados dudaron y se separaron. Fue entonces cuando Abilio vio a Remedios y sus ojos se agrandaron al punto de casi salirse de las órbitas y rodar por el escenario.

—¡¿Tú?! —preguntó.

Todos los asistentes le echaron una sorprendida ojeada ya que, al fin y al cabo, ¿qué tenía de raro que una muchacha estuviera allí? Intercambiaron alguna rápida mirada de reojo, pero el rubio supuesto héroe no dio señales de notarlo. Se apresuró a levantar su mano y señalar a Remedios.

—¡Soldados! ¡Deténganla!

Los soldados iban a hacer lo que se les indicaba, cuando una voz grave los hizo detenerse en seco.

—¡Alto ahí!

Todas las cabezas giraron hacia el palco oficial. El rey estaba de pie.

—Si no me equivoco, quien manda a los soldados todavía soy yo.

Abilio se apresuró a hacer una reverencia y apoyar una rodilla en el suelo.

—Por supuesto, su majestad. ¡Pero ella es una subversiva!

—¡Pero no una mentirosa! —exclamó Remedios— ¡tengo derecho a hablar!

—Su majestad, es evidente que es pobre y de baja educación. ¿Por qué hemos de creer lo que tenga qué decir alguien así?

La gente no lo miró ahora con tanta alegría, ni festejó, ni aplaudió. Las muchachas que se desesperaban por tocar sus zapatos, fruncieron el entrecejo. Después de todo, ellos eran, en su mayoría, gente humilde. Y no todos habían podido completar una gran formación yendo al colegio "Guau".

—En todo caso —pronunció el rey—, la pregunta es: ¿por qué no hemos de creerle?

Remedios se esforzó para pasar y ahora los soldados la dejaron. Se las arregló para trepar al escenario, desde donde miró a la gente tras acomodarse la ropa.

—Entonces —le dijo el rey—, ¿decías?

—Abilio no arriesgó nada, porque no fue él quien peleó contra la vaca feroz.

—¡Eso es una mentira! —saltó Abilio—. ¡Su majestad, esto es una calumnia atroz, por favor!

—Es la verdad —afirmó, tranquila, Remedios.

—Verdad es una palabra grande, mi niña —intervino el rey—. ¿Cómo puedes demostrar lo que dices?

—Eso es lo que yo digo —dijo Abilio, a quien algunas gotas de sudor comenzaban a correrle por la frente.

—Simple —dijo Remedios—. ¿Por qué no le pedimos a Abilio que nos cuente cómo mató a la vaca?

Todas las cabezas giraron hasta Abilio, que tragó saliva.

—Yo no tengo que andar explicando nada.

—¿Cómo que no? —le increpó el rey— ¡Con lo interesantes que son las técnicas de combate! ¡Por supuesto que hay que responder!

—¿Y bien, Abilio? —sonrió Remedios.

—Pues bien... Este... la maté, claro... con mi espada. Por supuesto. Con mi espada. Eso.

—¿Cómo era la vaca? —sonrió Remedios.

—¿Cómo, cómo era?

—Eso. ¿Cómo era?

—Era una vaca. Las vacas son vacas y punto.

—¿Era... —Remedios se alzó de hombros, como si pensara en voz alta— toda negra...?

Abilio entrecerró los ojos, husmeando una trampa.

—No.

—¿De qué color era, entonces?

Abilio se humedeció los labios.

—Blanca.

—¿Toda?

Abilio se aclaró la garganta.

—No recuerdo bien...

—¿Tenía cuernos grandes?

—¡Por supuesto! Enormes.

Remedios sonrió y eso puso a Abilio nervioso.

—¿Qué era el Desierto de los Huesos?

Abilio se alzó de hombros.

—Eso. Un desierto.

—¿Hecho de qué?

—Su majestad, no tengo por qué...

La cara seria del rey le hizo saber que tenía que responder, aunque no quisiera. Abilio suspiró y respondió:

—De piedras y arena, claro.

—¿Y el Jardín de las Estatuas? ¿Qué es?

—¿Cómo, qué es? Un jardín. Un jardín común.

—¿Con plantas y flores?

—S-sí. Claro.

Remedios se volvió hacia el rey.

—Todo eso es mentira. La vaca tenía cuernos pequeños, el desierto estaba hecho de huesos y el Jardín de las Estatuas tenía estatuas de personas, tamaño natural, hechas de un material gris, con harapos encima. Y la vaca, murió de un patatús.

—¿Y tú cómo lo sabes, mi querida niña? —le preguntó el rey.

—Porque yo estaba ahí.

Abilio soltó una carcajada, pero poco a poco la gente lo miraba con más y más desconfianza, eso terminó por cortar su risa.

—Su majestad —dijo, serio—, eso es ridículo.

—Por supuesto que no —respondió Remedios—. Y quien realmente enfrentó a la vaca fue...

—¿Quién? —preguntó el rey.

—Gonzalo, por supuesto. Esa era su misión, ¿no?

Un suspiro de asombro recorrió a la muchedumbre.

—¿Y la mató de un patatús? —preguntó el rey.

—Exacto. Gonzalo la mató de un patatús.

—Pero ¿cómo exactamente? Una vaca, especialmente una feroz, no ha de ser fácil de matar. ¿Qué hizo Gonzalo?

—Sencillo. Le cantó.

Ahí a casi nadie le cupo duda de que Gonzalo efectivamente habría matado a la vaca.

—Es verdad —concordó el rey—. Ese canto es un arma mortífera.

Varios asentimientos recorrieron la multitud.

—Su majestad —dijo Abilio—, todo esto es absurdo.

—Puede ser —aceptó el rey. Meditó y volvió a dirigirse a Remedios—. ¿Cómo podemos decidir si lo que dices es verdad?

—Simple. Vayamos hasta el desierto y listo. Ahí veremos que Abilio miente.

—No podemos —respondió el rey—. Tenemos que decidir ahora.

—Entonces habría que preguntarle a alguien que nunca nos mentiría —sonrió Remedios—. Nunca. Alguien como... no sé, el Enmascarado Misterioso.

—¡¿El Enmascarado Misterioso?! —saltó Abilio. Su rostro estaba enrojecido ahora. Cambiaba de color con la velocidad del rayo.

—Según el rey, era el único que nunca mentía. No, ¿rey? Porque luchaba por la verdad. Usted mismo lo dijo el día que mandó a Gonzalo a buscar el agua, rey. ¿Recuerda?

El monarca asintió.

—Recuerdo, sí.

—Su majestad —saltó sonriendo Abilio—, esto ya va más allá de toda...

—¡Miren! —gritó alguien en la multitud—. ¡En la torre!

Todas las cabezas se volvieron hacia una de las torres del castillo y quedaron boquiabiertos.

—¡Hay algo allá arriba! —gritó alguien más.

Era verdad. Ese "algo allá arriba" era un personaje con antifaz oscuro, ajustado traje negro, sombrero de ala ancha al tono y capa roja. Sobre el pecho, en el mismo rojo de la capa, se veían las letras EM.

—¿Es una sombra? —inquirió una voz.

—¿Es un fantasma? —preguntó alguien más.

—¿Es un extraño ser mitológico? —saltó otra voz.

—¡No! —gritó alguien—. ¡Es el Enmascarado Misterioso!

Y así era nomás. Las EM en rojo bermellón en la pechera del traje parecían confirmarlo. El enmascarado bajaba agarrándose de la tela que colgaba de la torre. En algunos instantes, el viento hacía flamear su capa roja y semejaba una cruda bandera de guerra. Sin embargo, era un descenso trabajoso y, a ratos, solamente se le veía la espalda, pero nadie dudó. Tenía que ser el Enmascarado.

—¡Señoras y señores! —exclamó Remedios—. ¡El Enmascarado Misterioso! ¡Fuerte ese aplauso!

De inmediato, la multitud, que estaba de lo más entretenida, no dudó en brindar un aplauso cerrado.

"¿Y ahora qué pasa?", pensó Gonzalo, detrás del antifaz oscuro, dentro del traje negro y debajo del sombrero de ala ancha al tono. Colgado como estaba de la tela azul, a veces su capa roja, al flamear, se interponía entre él y su visión de la gente. Desde abajo, sin embargo, le llegaba el intenso batir de palmas.

"¿Qué cornos los hará aplaudir así?", se preguntó. Se volvió hacia la muchedumbre. Casi le da un síncope: las miradas todas apuntaban hacia él, allí arriba. ¡Lo estaban aplaudiendo! ¡A él, ni más ni menos!

"¡Yo! ¡Soy yo lo que los hace aplaudir así!", se dijo.

Estupefacto, aunque con verdadero deleite, observó el espectáculo por unos instantes. Ante sus ojos, su sueño se volvía realidad: apenas aparecía, no solo algunas personas, sino toda la ciudad lo aplaudía. Si eso no era ser adorado, entonces que lo transformaran en sapo para el resto de sus días.

No se pudo contener y levantó una mano para saludar, lo que hizo prorrumpir al gentío en gritos, aclamaciones y alabanzas. Más abajo, Remedios se puso a reír y a dar saltitos mientras aplaudía.

"¡Qué crack soy!", se dijo Gonzalo.

—Su majestad... —intentó hablar Abilio, metros más abajo, sumergido en medio del barullo.

—¡Chsss! —le hizo el rey, con su mirada puesta en la torre.

El Enmascarado continuó su descenso, aunque con bastantes dificultades y, finalmente, cuando hizo un último ademán de saludo, para que la multitud estallara en festejos, la tela se desató y el Enmascarado dio contra las maderas del escenario con un golpe sordo. Encima de él, cubriéndolo, aterrizó la tela azul por la que antes descendía.

Se impuso nuevamente el silencio. Entre las personas del palco oficial y las personas en la plaza se escuchó el revoloteo de un par de moscas. Finalmente, el Enmascarado consiguió ponerse de pie y quitarse las telas de encima. Se ajustó el sombrero y se acomodó el antifaz, para que los orificios coincidieran con sus ojos.

—Buenos días —dijo el Enmascarado, con una voz profunda y estentórea, tanto que todos los presentes quedaron convencidos de estar ante el Enmascarado Misterioso de la más fina estepa.

—Ay, qué voz… —exclamaron algunas señoras.

—¡Qué hombre!

—Yuju. Bomboncito. Acá. Acá. Bomboncito…

—¡El Enmascadado Misterioso! —profirió Remedios—. ¡Qué casualidad! ¡Venga por acá, Enmascarado! ¡Justo estábamos hablando de usted!

El Enmascarado se estiró la ropa, para quedar más sensual, ahora que tanta gente lo miraba, y caminó hacia donde lo llamaba Remedios. Hubiese estado, sin duda, perfecto, si no hubiese tropezado y estado a punto de caer, pero el asunto fue que llegó.

La primera en hablar fue Remedios.

—Justo estábamos teniendo un problema, fíjese, Enmascarado, y necesitamos saber la verdad. Usted, Enmascarado, siempre luchó por la verdad, No puede mentir, ¿no?

—De ninguna manera —respondió el Enmascarado.

—Qué porte tiene el Enmascarado este, ¿no? —cuchicheaban las viejas de la Liga de las Buenas Costumbres.

—Qué regio, ¿no? —respondían otras.

—Bomboncito… Eh, bomboncito. Acá.

—Muy bien —sonrió Remedios—. Díganos, Enmascarado, ¿usted conoce a la vaca feroz?

—Claro —respondió el Enmascarado con esa voz de barítono que tenía—. Vive en el desierto que queda al lado de casa. O, mejor dicho, vivía. Porque ahora la mataron, pobre.

Un suspiro de asombro recorrió la multitud.

—Ya sabe lo de la vaca —comentó alguien, en voz baja.

—Ajá —dijo Remedios—. La mataron.

Federico Ivanier

—Sí, pobre —respondió el Enmascarado—. Pero ella no era mala. Fue la vida la que la llevó por el mal camino. Era una incomprendida, pobrecita la vaca.

—Bomboncito... Mírame… ¿Sí?

—Qué bien —juntó las manos Remedios, ignorando los últimos comentarios—. Entonces usted tiene que saber.

—¿Saber qué?

—¿Quién la mató a la vaca?

—Ah, sí. Un muchacho de pelo negro y lacio, de unos trece años.

Una exclamación viajó entre todos los presentes, seguido de un silencio tan profundo que se habría podido escuchar el batir de alas de una mariposa.

—Es... Gonzalo —susurró alguien con incredulidad.

—Gracias, Enmascarado —asintió Remedios y se volvió hacia el rey—. ¿Ahora me...?

No llegó a culminar la frase ya que Abilio caminó hasta el Enmascarado y le quitó tanto el sombrero como el antifaz. De repente, alguien familiar salió de abajo del disfraz.

—¡Gonzalo! —exclamó la multitud.

—Señoras y señores —dijo Abilio, mostrándoles el antifaz—, miren esto. ¿A ustedes les parece que alguien así, realmente haya derrotado a la vaca feroz?

La gente miró la figura que tenían delante y, entonces, el disfraz, la capa roja, el antifaz, todo les pareció bastante ridículo. Oliverio y Augusto pronto se echaron a reír y a codear a algunos que estaban al lado de ellos, para que soltaran la risa. A los pocos segundos, todos los que estaban allí, en la plaza, echaron a reír. Señalaban a Gonzalo, luego se codeaban y soltaban una carcajada.

—¡Silencio!

Las risas continuaron.

—¡Silencio, dije!

Las risas se terminaron al ver quién había hablado. El rey estaba una vez más de pie y observaba el espectáculo que tenía delante. Su cara mostraba hastío.

—¿Gonzalo? —dijo, mirándolo.

—¿Sí, rey?

—¿Te enfrentaste con la vaca o no?

El Sorteado observó a todo el gentío que lo observaba en silencio, tratando de decidir si había que creerle o no. Tragó saliva y se preguntó por enésima vez por qué no le había tocado a él una vida más sencilla.

—Al principio no quería saber de nada —dijo—. Estaba dispuesto a abandonarlo todo... pero entonces...

—¿Qué?

—Bueno, Remedios me ayudó. Y nos enfrentamos con la vaca... yo me puse a cantar y listo, chao vaca. Lo que pasa es que no nos quedó otra. Era ella la que nos quería matar.

—¿Cómo, exactamente? —alzó las cejas el rey, siempre interesado en aprender técnicas de combate—. ¿Cómo hicieron para atacarla?

—Bueno —continuó Gonzalo—, ella, la vaca, estaba ahí, distraída con Remedios y...

—¡Le pusieron un señuelo! —el rey señaló a Gonzalo.

—No, no teníamos pañuelo.

—Su majestad —intervino Abilio—, perdóneme usted que interrumpa...

255

—¡Chsss! —le hizo el rey. Y luego a Gonzalo—: ¿Decías?

—No estaba diciendo nada.

—Entonces, ¿le tendieron una emboscada?

—Ni idea. —Y cuando Remedios lo miró, haciéndole un gesto con la mirada, continuó—. Sí, sí. Claro. Una emboscada. Eso.

—¡Qué interesante! Como siempre, el ingenio vence la fuerza.

—¿Verdad que sí? —sonrió Remedios.

—Su majestad —se hartó Abilio—, con el debido respeto, estaba por darle a la princesa el Agua de la Vida.

—Es verdad —se recompuso el monarca, rascándose encima de la ceja derecha—. Lo que nos lleva a un hecho fundamental también, dicho sea de paso. Abilio tiene el Agua de la Vida. Si ustedes la consiguieron, ¿cómo es posible?

Gonzalo señaló a Abilio.

—Él nos la robó— respondió.

Una ola de cuchicheos navegó a lo largo de la multitud, mientras Abilio y sus secuaces palidecían y sudaban bajo sus trajes nuevos. La mirada del rey se endureció.

—¿Eso es verdad?

—Pero, su majestad...

—¿Es verdad o no?

Abilio se secó la frente y trató de respirar profundo.

—¿Derrotan a la vaca feroz, su majestad, y un humilde servidor les roba el agua? Si verdaderamente derrotaron a la vaca, entonces deberían ser invencibles y nada ni nadie podría robarles ni un botón.

La muchedumbre volvió a volcarse hacia Abilio. Lo que decía tenía sentido. Las jóvenes volvían a echar suspiros y a querer tocarle los zapatos; las mujeres más maduras, incluidas las viejas de la Liga de las Buenas Costumbres, a intercambiar sonrisas traviesas. Los hombres asentían, ansiando, en su fuero íntimo, ser como el hijo del ministro. Abilio captó este cambio y sonrió, aliviado.

—¿Tiene lógica lo que ellos dicen, su majestad? Derrotan a una bestia inmortal y sin embargo son derrotados por unos simples mortales.

—¿Gonzalo?

—La vaca no era inmortal —se alzó de hombros el Sorteado—. El agua le daba poderes, pero no era inmortal.

—Aun así —intervino, veloz, Abilio—, tenía poderes más allá de lo normal. No invalida el punto que trato de decir.

Gonzalo resopló.

—Nos tomaron por traición. —A continuación señaló a Abilio, Oliverio y Augusto—. Él, él y él.

—¡Ahora, además de todo, se nos acusa de traidores! —puso el grito en el cielo Abilio—. ¡Su majestad!

La multitud ya estaba lista para abuchear a Gonzalo, a tirarle por la cabeza los restos de comida que tenían. Quien no le deseaba lo peor, lo odiaba por ser tan despistado. No querían ni verlo. Gonzalo se vio rodeado, sintió que el fin se acercaba y, desesperado, buscó algo qué decir. Levantó su mano y señaló a Abilio.

—¡Él envenenó a la princesa!

Otra vez reinó el silencio. Nadie se esperaba semejante comentario. Ni siquiera el rey.

Remedios se acercó a Gonzalo y le habló en voz baja.

—¿De dónde sacaste eso?

Gonzalo alzó las cejas, sorprendido. Todavía tenía el índice acusador apuntando hacia Abilio.

—No sé —le respondió—. Me vino.

—Ah, bueno.

Abilio, que había quedado boquiabierto, se recuperó velozmente.

—¡Arremete quien no tiene argumento! ¡Si se van a hacer acusaciones así, exijo que se tengan pruebas!

—¿Las tienes, Gonzalo? —preguntó el rey.

—No.

Ahora sí, el abucheo fue generalizado y Abilio sonrió, al tiempo que levantaba los brazos, victorioso.

—Pero —dijo Gonzalo, indiferente, y la gente se calló— si vamos a su casa, quizá encontremos restos de vene...

Abilio soltó un grito tremendo y empujó a Gonzalo con fiereza. El Sorteado no se esperaba el envión y trastabilló hacia atrás, para evitar caerse. Finalmente, quedó haciendo equilibrio justo al borde del escenario, agitando los brazos como si quisiera nadar o volar, hasta que desapareció de la vista de los presentes.

Remedios soltó una exclamación y saltó tras Gonzalo. El Sorteado estaba acostado en el suelo, boca arriba, con los ojos cerrados y los brazos abiertos, en cruz. Remedios acercó su oído hasta la nariz: todavía respiraba. Estaba, eso sí, fuera de combate. Había perdido el sentido.

—Se golpeó la cabeza —comentó una de las muchachas que había tratado de tocarle los zapatos a Abilio.

Remedios le tomó la mano izquierda entre las suyas.

—Gonzalo, Gonzalo, ¿me escuchas?

Nada.

Encima del escenario, Abilio trataba de recuperar la compostura.

—Muy bien. Es hora de dar algo del agua a la princesa, para que reaccione.

Caminó hasta la cama, molesto de que su espectáculo, su momento de gloria, hubiera sido interrumpido y le volcó agua por la boca entreabierta.

Apenas un trago bajó por su garganta, Berenice se sentó de golpe, y miró a todo el mundo con ojos bien redondos. Miró al gentío, que le devolvía la mirada en silencio, tan asombrado como ella, y se quedó así, quieta, por espacio de unos segundos.

—Princesa... —le llegó una voz. Berenice se volvió hacia un costado y vio a Abilio—. ¿Cómo estás, mi querida Berenice?

Aún hoy no se sabe por qué ocurrió lo que ocurrió, quizá fue que pasaron muchos días antes de que se consiguiera el Agua de la Vida y eso afectó el cerebro de la princesa, dejándola turulata, tal como advirtió Oliverio, pero la joven echó a reír apenas vio a Abilio. Y no fue una risilla recatada, de princesa, sino que fue una carcajada escandalosa y ordinaria. Tiró la cabeza hacia atrás, hasta que terminó hecha un ovillo, mientras golpeaba la palma de la mano contra la almohada, su rostro enrojecía y lágrimas bañaban sus mejillas.

—Fuah —dijo un niño en la multitud—, se ríe igual que cuando Gonzalo se ríe de una de esas cosas que nadie entiende.

El rey miró al niño, luego a Berenice y finalmente alzó una ceja. La muchedumbre hizo lo mismo. La princesa reía tanto, sin embargo, que era imposible no contagiarse; todo el mundo comenzó a reír también. Señalaban a Abilio, que miraba la exhibición anonadado, parpadeando, y reían con más fuerza. Cuando Abilio comprendió que estaba haciendo el ridículo allí parado, hizo un gesto con sus manos y exclamó:

—¡Silencio! ¡Silencio, dije!

Las risas callaron, alarmadas al ver semejante ira en sus ojos. Es decir, todas menos la de la princesa, que en toda esa tarde no se detendría, aun a riesgo de su propia salud.

En ese momento, Gonzalo reaccionó. Lo hizo de manera repentina. Abrió los ojos y quedó mirando hacia arriba. Lo primero que vio fue el pelo color ladrillo de Remedios volcado sobre él y sus ojos como el cielo observándolo con atención. La luz del sol brillaba sobre ella de una manera especial y Gonzalo estuvo seguro de tener ante sí lo más bello que había visto en su vida. Nada podría jamás ni remotamente acercársele.

—¿Estás bien? —le preguntó Remedios, sin soltarle la mano.

Con la mano libre, Gonzalo acercó la cara de ella a la suya y le estampó un apasionado beso. Cuando liberó sus labios de los de Remedios, la miró con una luz extraña en los ojos.

—Ya sé de dónde vienen las estatuas —le dijo.

Remedios no dijo nada. Inmóvil, con los ojos redondos como platos, miraba a Gonzalo.

—¿Remedios...?

—¿Eh...? —dijo ella, con una sonrisa ida, como si estuviera flotando entre nubes. Entonces reaccionó—. ¿Qué?

—En el Jardín de las Estatuas. Ya sé por qué las estatuas están ahí.

—Gonzalo este no es el momento...

—Bebieron el agua, ¿entiendes?

—La verdad, no.

—Ayúdame a levantarme.

Cuando se puso de pie, vio que Abilio estaba por empezar a hablarle a la gente.

—¡Pueblo de Ciudad Real! —gritó—. ¡Como ven, la princesa también se ha vuelto loca! ¡No solo tenemos un Sorteado que es mentiroso, sino que además ahora también la princesa ha enloquecido, a pesar de nuestros esfuerzos! ¡Es hora, sin embargo, de pensar en nuestro futuro! ¡En este momento de vacío, hay que decidir quién es el indicado para reinar en el futuro...!

No pudo terminar la frase, ya que en ese momento, alguien le arrojó un pedazo de torta de chocolate en medio de la cara, dejándole un pegote marrón sobre un ojo.

—¡Estás haciendo todo esto solamente para ser rey! —llegó una voz.

—¡¿Qué?! ¡Pero ¿cómo se atreven?!

—¡Sí, bájate de ahí, trepador!

—¡Corrupto!

La gente, que antes había seguido todo su espectáculo con atención, ahora lo miraba con desconfianza, sin creerle ni media palabra. De repente, Abilio se hartó.

—¡Estúpidos! —les gritó, colérico—. ¿Acaso se creen que tienen derecho a opinar? ¿Que algo de lo que ustedes digan importa?

—¡Buhhh!

—¡Abajo!

Más tomates, pedazos de torta y pan comenzaron a llover sobre el improvisado escenario.

—¡Siempre igual!

—¡Anda!

—¡Tómatela!

Súbitamente, la fiesta pasó de celebración a rebelión. Los soldados apenas contenían a las masas desbocadas pero, inesperadamente, Gonzalo saltó de nuevo al escenario. Otra vez, como por arte de magia, volvió la calma. Todos miraban a Gonzalo con asombro.

—¿Y ahora? —se escuchó alguna voz.

Gonzalo dio un grito salvaje y arremetió contra Abilio, que buscó proteger el Agua de la Vida, en un gesto reflejo. La cantimplora salió despedida por el aire y cayó sobre las improvisadas maderas, mientras Abilio trataba de tomar del cuello a Gonzalo.

Se trenzaron en una pelea lamentable y aburrida. Los dos se agarraron de la ropa, se tiraron del pelo, se metieron los dedos dentro de las orejas e intentaron hacerse cosquillas. Entonces, ocurrió lo inesperado: por primera vez en la vida, la gente tomó partido por Gonzalo y comenzó a alentarlo, vitoreando su nombre.

—¡Soooooy del Gonza, del Gonza soy yooooo...!

Gonzalo sintió que no podía defraudar a tanta gente junta, que no podía fallar ante tamaña muestra de afecto y, finalmente, consiguió librarse de Abilio. Le encajó un pisotón que lo hizo ponerse a saltar en un pie, mientras se lo agarraba y gritaba de dolor. Terminó por tropezar y caerse.

—Su majestad, ¿intervenimos? —le preguntó al rey un soldado.

—¿Para qué? Si esto está divertidísimo.

Para la princesa también parecía estar de lo más divertido, ya que miraba a los dos muchachos y los señalaba, desternillándose de risa. Gonzalo se acercó a Abilio, sin intención de pelear.

—¿Estás bien? —le preguntó, inclinándose.

Pero Abilio cambió su mueca de sufrimiento por una sonrisa voraz.

—Claro, estúpido.

Y con ese pie supuestamente lastimado, aprovechó para patearlo. El que cayó fue Gonzalo y Abilio el que se puso de pie. Pero no por mucho rato. Como ya dijimos, Gonzalo se recuperaba rápido de los golpes. Al ver el nuevo cariz que tomaban los hechos, Oliverio y Augusto intercambiaron una mirada nerviosa.

—¿Te parece que ayudemos a Abi? —preguntó Oliverio.

—Para mí se las está arreglando muy bien solo.

—Bueno. Entonces, vámonos.

Y ahí mismo pusieron sus pies en polvorosa, justo en el momento que Gonzalo se agachaba como un toro y embestía contra Abilio, que soltó un quejido sordo. Uno cayó encima del otro y mientras volvían a tratar de acogotarse, tirarse del pelo, meterse los dedos en la nariz o las orejas, etcétera, Gonzalo miró la cantimplora que estaba en el suelo, no muy lejos.

Se desentendió de la lucha y le dio un empujón a Abilio, para quitárselo de encima. Se levantó, para conseguirla, pero cuando parecía que lo iba a hacer, precisamente entonces, tropezó y cayó, soltando un lamento. Abilio llegó hasta la cantimplora y la tomó con las dos manos.

—Já —dijo burlonamente Abilio—. ¿Querías beber de esta agua para que te dé fuerza sobrehumana?

Remedios fue hasta donde estaba Gonzalo y se agachó junto a él.

—¿Estás bien?

—Sí, sí —susurró Gonzalo—. No te preocupes. Me tropecé a propósito.

—¿Cómo?

—Imbécil —le espetó Abilio—, no puedes contra mí. Soy más inteligente, más fuerte que tú. Nadie puede conmigo. ¡Soy invencible!

—Nadie es invencible —exclamó el Sorteado—. A menos que beba el Agua de la Vida, claro.

Abilio sonrió y lo que salió fue una mueca terrible, asesina. De ese muchacho atractivo en el exterior, solo se veía un monstruo con un ojo negro de chocolate, el cabello enmarañado, el traje roto y una mirada desquiciada.

—A tu salud, estúpido —sonrió Abilio.

Y sin esperar respuesta, llevó la cantimplora a sus labios.

—¿Gonzalo, estás loco? —le preguntó Remedios.

—No. Ya te dije. Ahora sé de dónde vienen las estatuas. Son las personas que fueron hasta la fuente y bebieron del agua, para tener juventud eterna.

—¿El agua las transformó? ¿Es eso?

—Sí.

—¿Por qué no le pasó nada a la vaca, entonces? Ella también tiene que haber bebido el agua.

—Pero solo cuando su cuerpo necesitaba agua. *"El momento más inesperado puede resultar envenenado, y desde luego, no traten de hacer su juego, porque no hay nada más feo que confundir la necesidad con el deseo"*, ¿te acuerdas? La vaca solo bebió cuando tenía sed. Si el cuerpo no necesita el líquido, se vuelve veneno.

—¿Y la princesa? ¿Por qué no es estatua?

—Tendría sed justo antes de comer la torta.

—¿Y por qué no tiene poderes, como la vaca?

—Hace un rato estaba muerta en vida. Si comparas, parece Superberenice.

—Gonzalo, ¿estás seguro de todo esto?

—No.

Abilio bebió hasta que no quedó ni una gota y arrojó la cantimplora al suelo. Sonrió con crueldad al tiempo que abría sus brazos y manos.

—¿Y ahora? ¿Qué me vas a de...?

No terminó la frase y no la terminaría jamás, ya que ahí abrió sus ojos grandes de asombro, observando la piel de sus manos. Su cuerpo comenzaba a transformarse en algo gris. Al principio parecía que una pintura metálica lo recubría, pero luego todo el mundo se dio cuenta de lo que pasaba en verdad. Toda su piel se volvía de ese color y Abilio quedaba por completo inmóvil. Se transformó en una estatua y allí quedó, con esa frase cortada en los labios y una sonrisa confiada en su rostro, inmortalizado para siempre. Ese fue su final.

* * *

Ya se acerca, también, el final de esta historia, que parece terminar bastante bien a pesar de tener trece capítulos, número que, según Gonzalo, trae tan mala fortuna.

De todos modos, no queda mucho más para contar. Quizá lo más importante es que, después de la menuda sorpresa de ver a Abilio transformarse en estatua, todo el mundo miró con preocupación a la princesa Berenice. Abilio había dicho algo que era cierto. Si ella comenzaba a estar medio turulata, entonces tenían un destino sombrío, ya que Gonzalo no les parecía la mente más brillante que existía.

—¿Qué vamos a hacer? —decía la gente.

—¿Qué va a ser de nuestro futuro?

—¿Quién nos va a gobernar?

Las personas todas tenían caras largas. Temían por sus hijos y los hijos de sus hijos.

—¿Por qué no eligen a alguien para gobernar? —preguntó entonces Gonzalo.

—¿Qué? —le dijeron.

—¿Cómo, "eligen"? —dijeron otros.

—Claro, en vez de andar sorteando gente, ¿por qué no la eligen?

Todos se miraron sorprendidos.

—¿Y cómo hacemos? —preguntaron.

—Escriban un nombre en un papelito, el nombre que aparezca en más papelitos gana y esa persona gobierna. Mejor elegir el destino propio que dejarlo al azar.

Las gentes se miraron.

—¿Y a usted, rey? ¿Qué le parece?

El monarca sonrió.

—Que ya este trabajo me tiene harto. Que me vendrían bien unas vacaciones y una linda jubilación. Por eso, cuando quieran…

Por tanto, así se solucionó el futuro de Ciudad Real. Pero lo mejor para Gonzalo no fue estar liberado de su papel de Sorteado que tanto odiaba, sino que, luego de ver su actuación como Enmascarado Misterioso, don Artístico Bermúdez, el director de la compañía Teatro Alegre, la única compañía de teatro de la ciudad, vio en el muchacho unos dotes increíbles para la comedia, por lo que le ofreció un jugoso contrato. Sería una estrella de teatro. Sería conocido. Es verdad que él esperaba conseguirlo mediante la canción y la música, pero algo es algo y peor es nada. Era la oportunidad de su vida: ahora se convertiría en un artista famoso.

Sin embargo, una extraña respuesta vino a los labios de Gonzalo, aun antes de que se diera cuenta.

—Pero yo no soy actor... —dijo.

Ahí Remedios cerró los ojos. Incluso don Artístico hizo una mueca. Ya iba a salir de nuevo con lo de ser cantautor.

—Yo soy titiritero... —completó Gonzalo y giró sus ojos hacia Remedios.

Remedios lo miró con una sonrisa y Artístico alzó las cejas, sorprendido a la vez que pensativo.

Al final, al director de la Compañía Teatro Alegre le pareció interesante diversificar el mercado y meterse también en el mundo del títere, con Gonzalo a la cabeza. Seguro la gente querría ver sus historias con la vaca feroz. Gonzalo firmó un contrato de todas maneras.

¿Que si fue famoso? Bueno, no mucho. No pasa eso con los titiriteros. Ningún titiritero será jamás estrella de revistas. Los titiriteros no son adorados por las multitudes, ¿pero a quién le importan las multitudes, decía Gonzalo mientras miraba a Remedios, cuando lo que te quiere una persona vale por una multitud?

Lo dicho: esta historia termina bien. Mucho se comentó sobre cómo fue que Gonzalo, aparentemente tan torpe y tan poco talentoso, logró torcer su destino y engañar al azar, sobre cómo llegó a derrotar a un enemigo tan formidable como la vaca feroz, a instaurar un nuevo sistema de gobierno y además, a ser un artista.

Muchos dijeron que fue gracias a la leche de la vaca, que mojó sus labios y le confirió poderes, otros dijeron que fue gracias al golpe que se dio en la cabeza cuando cayó del escenario, que anuló el golpe al nacer, algunos más afirmaron que fue Remedios, con su moneda de plata en la fuente, que deseó que todo terminara bien. Hasta hubo

quienes sostuvieron que fue su insistente optimismo. En mi opinión, y quizá ustedes estén de
acuerdo, fue todo su viaje que lo cambió. Quizá,
se dio cuenta de que lo mejor estaba frente a sus
narices, ahí, esperando que él lo tomase, sin necesidad de ninguna Agua de la Vida. Tal vez, eso
fue lo que hizo Gonzalo. Pero nunca llegaremos a
saberlo y eso ya es parte de la leyenda.

A mí me parece, por tanto, que este es un buen
momento para decir "fin".

Pues bien, fin, entonces.